ASESINATO EN EL ORIENT EXPRESS

AGATHA CHRISTIE

EDITORIAL MOLINO

SELECCIONES DE BIBLIOTECA ORO

Título original:
MURDER ON THE ORIENT EXPRESS
© 1933 by Agatha Christie

Traducción:
E. MACHADO-QUEVEDO

© EDITORIAL MOLINO
Calabria, 166 - 08015 Barcelona

Depósito legal: B. 41.969-1995
ISBN: 84-272-0005-6

Impreso en España   Printed in Spa

LIMPERGRAF, S. L. — Calle del Río, 17 nave 3 — Ripollet (Barcelona)

GUÍA DEL LECTOR

*Los principales personajes que intervienen
en esta obra, relacionados en un orden
alfabético convencional.*

ANDRENYI, conde: diplomático húngaro, viajero del
Orient Express.

ANDRENYI, condesa: esposa del anterior y viajera también del Orient Express.

ARBUTHNOT: coronel del ejército inglés en la India y
viajero del citado ferrocarril.

BOUC: belga, director de la *Compagnie Internationale des
Wagons Lits* y muy amigo de Poirot desde años atrás.

CONSTANTINE: médico, otro de los viajeros del mencionado tren.

DEBENHAM, Mary: compañera de viaje de los citados
anteriormente.

DRAGOMIROFF: princesa rusa, también viajera del
Orient Express.

FOSCARELLI, Antonio: agente de la Ford, también otro de los viajeros del mencionado tren.

HARDMAN, Cyrus: norteamericano, viajante, uno más de los viajeros del citado ferrocarril.

HUBBARD: anciana norteamericana, maestra, y también viajera como los demás.

MACQUEEN, Hector: secretario de Ratchett.

MASTERMAN: criado de Ratchett.

MICHEL, Pierre: encargado del coche cama del Orient Express.

OHLSSON, Greta: enfermera sueca, viajera del Orient Express.

POIROT, Hércules: detective, protagonista de esta novela.

RATCHETT, Samuel: millonario, viajero del Orient Express, asesinado en uno de sus vagones.

SCHMIDT, Hildegarde: doncella de la princesa, de viaje con la misma.

PRIMERA PARTE

LOS HECHOS

CAPÍTULO PRIMERO

UN IMPORTANTE VIAJERO DEL «TAURUS EXPRESS»

Eran las cinco de una madrugada de invierno en Siria. Junto al andén de Alepo estaba detenido el tren que las guías de ferrocarriles designan con el nombre de Taurus Express. Estaba formado por un vagón restaurante y cocina, un coche cama y dos vagones ordinarios.

Junto al estribo del coche cama se encontraba un joven teniente francés, de resplandeciente uniforme, conversando con un hombrecillo embozado hasta las orejas, del que sólo podían verse la punta de la nariz y las dos guías de un enhiesto bigote.

Hacía un frío intensísimo, y aquella misión de despedir a un distinguido forastero no era envidiable, pero el teniente Dubosc la cumplía como un valiente. No cesaban de salir de sus labios frases corteses en el más pulido francés. Y no es que estuviese completamente al corriente de los motivos del viaje de aquel personaje. Había oído rumores, naturalmente, pues siempre los hay en tales casos. El humor del general —de *su* general— había ido empeorando. Y luego había llegado aquel belga, procedente de Inglaterra por lo visto. Durante una semana había habido una extraña actividad. Y luego habían sucedido ciertas cosas. Un distinguido oficial se había suicidado, otro había dimitido; rostros ensombrecidos habían perdido repentinamente su ansiedad; ciertas precauciones militares habían cesado. Y el general —el general del propio teniente Dubosc— había parecido de pronto diez años más joven.

Dubosc había escuchado parte de una conversación entre su jefe y el forastero.

—Nos ha salvado usted, *mon cher* —decía el general, emocionado, temblándole al hablar el blanco bigote—. Ha salvado usted el honor del Ejército francés. ¡Ha evitado usted mucho derramamiento de sangre! ¿Cómo puedo agradecerle que accediera a mi petición, que haya venido desde tan lejos...?

A lo cual el forastero —por nombre monsieur Hércules Poirot— había contestado afectuosamente, incluyendo la frase: «¿Cómo podría olvidar que en cierta ocasión me salvó usted la vida?» Y entonces el general había rechazado todo mérito por aquel pasado servicio y, tras mencionar nuevamente a Francia y Bélgica, y el honor y la gloria de ambos países, se habían abrazado calurosamente, dando por terminada la conversación.

En cuanto a lo ocurrido, el teniente Dubosc estaba todavía a oscuras, pero le habían comisionado para despedir a monsieur Poirot al pie del Taurus Express, y allí estaba, cumpliéndolo con todo el celo y el ardor propios de un joven oficial que tiene una prometedora carrera en perspectiva.

—Hoy es domingo —dijo el teniente—. Mañana, lunes, por la tarde, estará usted en Estambul.

No era la primera vez que había hecho esta observación. Las conversaciones en el andén, antes de la partida de un convoy, se inclinan siempre a la repetición.

—Así es —convino monsieur Poirot.

—¿Piensa usted permanecer allí algunos días?

—*Mais oui*. Estambul es una ciudad que nunca he visitado. Sería una lástima pasar por ella... *comme ça*. —Monsieur Poirot chasqueó los dedos despectivamente—. Nada me apremia. Permaneceré allí como turista unos cuantos días.

—Santa Sofía es muy hermosa— dijo el teniente Dubosc, que nunca la había visto.

Una ráfaga de viento frío recorrió el andén. Ambos hombres se estremecieron. El teniente Dubosc se las arregló para lanzar una subrepticia mirada a su reloj. Las cinco menos cinco, ¡Solamente cinco minutos más!

Al notar que el otro hombre se había dado cuenta de su subrepticia mirada, se apresuró a reanudar la conversación.

—En esta época del año viaja muy poca gente —dijo, mirando las ventanillas del coche cama detenido a su lado.

—Así es —convino monsieur Poirot.

—¡Esperemos que la nieve no se interponga en el camino del Taurus!

—¿Sucede eso?

—Ha ocurrido, sí. No este año, sin embargo.

—Confiemos en ello, entonces —dijo monsieur Poirot—. Las previsiones meteorológicas en Europa son malas.

—Muy malas. En los Balcanes abunda la nieve.

—En Alemania también, según tengo entendido.

—*Eh bien!* —dijo el teniente Dubosc apresuradamente al ver que estaba a punto de producirse otra pausa—. Mañana por la tarde, a las siete y cuarenta, estará usted en Constantinopla.

—Sí —dijo monsieur Poirot, y añadió distraído—: Santa Sofía he oído decir que es muy bella.

—Magnífica, según creo.

Por encima de sus cabezas se abatió la cortinilla de uno

de los compartimientos del coche cama y se asomó una joven al cristal.

Mary Debenham había dormido muy poco desde que saliera de Bagdad el jueves anterior. Ni en el tren de Kirkuk ni en el Rest House de Mosul ni en la última noche de su viaje había dormido tranquilamente. Ahora, cansada de estar despierta en la cálida atmósfera de su compartimiento, excesivamente caldeado, se había levantado para curiosear.

Aquello debía de ser Alepo. Nada que ver, naturalmente.

Sólo un largo andén, pobremente iluminado. Bajo la ventanilla hablaban dos hombres en francés. Uno era un oficial del Ejército, el otro un hombrecillo con enormes bigotes. La joven sonrió ligeramente. Nunca había visto a nadie tan abrigado. Debía de hacer mucho frío allí afuera.

Por eso calentaban el tren tan terriblemente. La joven trató de bajar la ventanilla, pero no pudo.

El encargado del coche cama se aproximó a los dos hombres. El tren estaba a punto de arrancar, les informó. Monsieur haría bien en subir.

El hombrecillo se quitó el sombrero, ¡Qué cabeza tan ovalada tenía! A pesar de sus preocupaciones, Mary Debenham sonrió. Sin duda, se trataba de un hombrecillo de ridículo aspecto. Uno de esos hombres insignificantes que nadie toma en serio.

El teniente Dubosc empezó a despedirse. Había pensado las frases de antemano y las había reservado para el último momento. Era un discurso bello y pulido.

Por no ser menos, monsieur Poirot contestó en tono parecido.

—*En voiture, monsieur* —dijo el encargado del coche cama.

Monsieur Poirot subió al tren con aire de infinita desgana. El encargado subió tras él. Monsieur Poirot agitó una mano. El teniente Dubosc se puso en posición de saludo. El tren, con una terrible sacudida, arrancó lentamente.

—¡Por fin —murmuró monsieur Hércules Poirot.

—¡Brrr! —resopló el teniente Dubosc, sacudiéndose para quitarse el frío.

—*Voilà, monsieur.* —El encargado del coche cama mostró a Poirot con dramático gesto la belleza de su compartimiento y la adecuada colocación del equipaje—. La maleta pequeña del señor la he colocado aquí.

Su mano extendida era sugestiva. Hércules Poirot colocó en ella un billete doblado.

—*Merci, monsieur.* —El encargado acentuó su amabilidad—. Tengo los billetes del señor. Necesito también el pasaporte. ¿El señor interrumpirá su viaje en Estambul?

Monsieur Poirot asintió.

—No viaja mucha gente, ¿verdad? —preguntó.

—No, señor. Tengo solamente otros dos viajeros... ambos ingleses. Un coronel de la India y una joven inglesa de Bagdad. ¿El señor necesita algo?

El señor pidió una botella pequeña de Perrier.

Las cinco de la mañana es una hora horrorosamente intempestiva para subir a un tren. Faltaban todavía dos horas para el amanecer. Consciente de ello y satisfecho de una delicada misión satisfactoriamente cumplida, monsieur Poirot se arrebujó en un rincón y se quedó dormido.

Cuando se despertó eran las nueve y media y se apresuró a dirigirse al vagón restaurante en busca de café caliente.

Había allí solamente un viajero en aquel momento, la joven inglesa a que se había referido el encargado, evidentemente. Era alta, delgada y morena; quizá de unos veintiocho años de edad. Se adivinaba una especie de fría suficiencia en la manera con que tomaba el desayuno y el modo que tuvo de llamar al camarero para que le sirviese más café revelaba conocimiento del mundo y de los viajes. Llevaba un traje oscuro de tela muy fina, eminentemente apropiada para la caldeada atmósfera del tren.

Monsieur Hércules Poirot, que no tenía nada mejor que hacer, se entretuvo en observarla sin aparentarlo.

Era, opinó, una de esas jóvenes que saben cuidarse de sí mismas dondequiera que estén. Había prestancia en sus facciones y delicada palidez en su piel. Le agradaron también sus ondulados cabellos de un negro brillante y sus ojos serenos, impersonales y grises. Pero era, decidió, demasiado presuntuosa para ser una *jolie femme*.

Al poco rato entró otra persona en el restaurante. Era un hombre bastante alto, entre los cuarenta y los cincuenta años, delgado, moreno, con el cabello ligeramente gris en las sienes. «El coronel de la India», se dijo Poirot.

El recién llegado saludó a la joven con una ligera inclinación.

—Buenos días, miss Debenham.

—Buenos días, coronel Arbuthnot.

El coronel estaba en pie, con una mano apoyada en la silla frente a la joven.

—¿Tiene algún inconveniente en que...? —preguntó.

—¡Oh, no! Siéntese.

—Bien, usted ya sabe que el desayuno es una comida que no siempre se presta a charlar.

—Por supuesto, coronel. No se preocupe.

El coronel se sentó.

—*Boy!* —llamó de modo perentorio.

Acudió el camarero y le pidió huevos y café.

Sus ojos descansaron un momento sobre Hércules Poirot, pero pasaron adelante, indiferentes. Poirot comprendió que acababa de decirse: «Es un maldito extranjero.» Teniendo en cuenta su personalidad, no eran muy locuaces los dos ingleses. Cambiaron unas breves observaciones y, de pronto, se levantó la joven y regresó tranquilamente a su compartimiento.

A la hora del almuerzo ambos volvieron a compartir la misma mesa y otra vez los dos ignoraron por completo al tercer viajero. Su conversación fue más animada que durante el desayuno. El coronel Arbuthnot habló del Punjab y dirigió a la joven unas cuantas preguntas acerca de Bagdad, donde al parecer ella había estado desempeñando un puesto de institutriz. En el curso de la conversación ambos descubrieron algunas amistades comunes, lo que tuvo el efecto inmediato de hacer la charla más íntima y animada. El coronel preguntó después a la joven si se dirigía directamente a Inglaterra o si pensaba detenerse en Estambul.

—No, haré el viaje directamente —contestó ella.

—¿No es una verdadera lástima?

—Recorrí este itinerario hace dos años y pasé entonces tres días en Estambul.

—Entonces tengo motivos para alegrarme, porque yo también haré directamente el viaje.

El coronel hizo una especie de desmañada reverencia, enrojeciendo ligeramente.

«Es susceptible nuestro coronel —pensó Hércules Poirot con cierto regocijo—. ¡Los viajes en tren son tan peligrosos como los viajes por mar! Miss Debenham dijo sencillamente que era una agradable casualidad. Sus palabras fueron ligeramente frías.»

Hércules Poirot observó que el coronel la acompañaba hasta su compartimiento. Más tarde cruzaron el magnífico escenario por donde transcurría el Taurus. Mientras contemplaban las Puertas de Cilicia, de pie en el pasillo, uno al lado del otro, la joven lanzó un suspiro. Poirot estaba cerca de ellos y la oyó murmurar:

—¡Es tan bello! Desearía...

—¿Qué?

—Poder disfrutar más tiempo de este magnífico espectáculo.

Arbuthnot no contestó. La enérgica línea de su mandíbula pareció un poco más rígida y severa.

—Yo, por el contrario, desearía verla a usted ya fuera de aquí —murmuró.

—Cállese, por favor. Cállese.

—¡Oh! Está bien. —El coronel disparó una rápida mirada en dirección a Poirot. Luego prosiguió—: No me agrada la idea de que sea usted una institutriz... a merced de los caprichos de las tiránicas madres y de sus fastidiosos chiquillos.

Ella se echó a reír con cierta nerviosidad.

—¡Oh! No debe usted pensar eso. El martirio de las institutrices es un mito demasiado explotado. Puedo asegurarle que son los padres los que temen a las institutrices.

No hablaron más. Arbuthnot se sentía quizás avergonzado de su arrebato.

«Ha sido una pequeña comedia algo extraña la que he presenciado aquí», se dijo Poirot, pensativo.

Más tarde tendría que recordar aquella idea.

Llegaron a Konya aquella noche hacia las once y media. Los dos viajeros ingleses bajaron a estirar las piernas, paseando arriba y abajo por el nevado andén.

Monsieur Poirot se contentó con observar la febril actividad de la estación a través de una ventanilla. Pasados unos diez minutos decidió, no obstante, que un poco de aire puro no le vendría mal. Hizo cuidadosos preparativos, se envolvió en varios abrigos y bufandas y se calzó unos chanclos. Así ataviado, descendió cautelosamente al andén y se puso a pasear. En su paseo llegó hasta más allá de la locomotora.

Fueron las voces las que le dieron la clave de las dos borrosas figuras paradas a la sombra de un vagón de mercancías. Arbuthnot estaba hablando.

—Mary...

La joven le interrumpió.

—Ahora, no. Ahora, no. Cuando todo haya terminado. Cuando todo quede atrás... entonces.

Monsieur Poirot se alejó discretamente. Se sentía intrigado. Le había costado trabajo reconocer la fría voz de miss Debenham.

«Es curioso», se dijo.

Al día siguiente se preguntó si habrían reñido. Se hablaron poco. La muchacha parecía intranquila. Había un sombreado bajo sus ojos.

Eran las dos y media de la tarde cuando el tren se detuvo. Se asomaron unas cabezas a las ventanillas. Un pequeño grupo de hombres, situado junto a la vía, señalaba hacia algo bajo el vagón restaurante.

Poirot se inclinó hacia fuera y habló al encargado del coche cama, que pasaba apresuradamente ante la ventanilla. El hombre contestó y Poirot retiró la cabeza y, al volverse, casi tropezó con Mary Debenham, que estaba detrás de él.

—¿Qué ocurre? —preguntó ella en francés—. ¿Por qué nos hemos detenido?

—No es nada, señorita. Algo se ha quemado bajo el vagón restaurante. Nada grave. Ya lo han apagado. Están ahora reparando los pequeños desperfectos. No hay peligro, tranquilícese.

Ella hizo un gesto brusco, como si desechase la idea del peligro como algo completamente insignificante.

—Sí, sí, comprendo. ¡Pero el horario!

—¿El horario?

—Sí, esto nos retrasará.

—Es posible... —convino Poirot.

—¡No podremos recuperar el retraso! Este tren tiene que llegar a las seis y cincuenta y cinco para poder cruzar el Bósforo y coger a las nueve el Simplon Orient Express.

—Si llevamos una o dos horas de retraso, desde luego perderemos el empalme.

—Es posible, sí —convino de nuevo Poirot.

La miró con curiosidad. La mano que se agarraba a la barra de la ventanilla no estaba del todo tranquila, sus labios temblaban también.

—¿Le interesa a usted mucho, señorita? —preguntó.

—¡Oh, sí! *Tengo* que coger ese tren.

Se separó de él y se alejó por el pasillo para reunirse con el coronel.

Su ansiedad, no obstante, fue infundada. Diez minutos después el tren volvía a ponerse en marcha. Llegó a Haydapassar sólo con cinco minutos de retraso, pues recuperó en el trayecto el tiempo perdido.

El Bósforo estaba bastante alborotado y a monsieur Poirot no le agradó la travesía. En el barco permaneció separado de sus compañeros de viaje y no los volvió a ver.

Al llegar al puente de Galata se dirigió directamente al hotel Tokatlian.

Capítulo II

EL HOTEL TOKATLIAN

En el Tokatlian, Hércules Poirot pidió una habitación con baño. Luego se aproximó al mostrador de recepción y preguntó si había llegado correspondencia a su nombre.

Había tres cartas y un telegrama esperándole. Sus cejas se elevaron alegremente a la vista del telegrama. Era algo inesperado. Lo abrió con su acostumbrado cuidado, sin apresuramientos. Las letras impresas se destacaron claramente.

«Acontecimiento que usted predijo en el caso Kassner se ha presentado inesperadamente. Por favor, regrese en seguida.»

—*Voilà ce qui est embêtant* —murmuró Poirot, consultando su reloj—. Tendré que reanudar el viaje esta misma noche. —Y añadió, dirigiéndose al conserje—. ¿A qué hora sale el Simplon Orient Express?

—A las nueve, señor.

—¿Puede usted conseguirme una litera?

—Seguramente, señor. No hay dificultad en esta época del año. Todos los trenes van casi vacíos. ¿Primera o segunda clase?

—Primera.

—*Très bien, monsieur.* ¿Para dónde?

—Para Londres.

—*Bien, monsieur*. Le adquiriré un billete para Londres y le reservaré una cama en el coche Estambul-Calais.

Poirot volvió a consultar su reloj. Eran las ocho menos diez minutos.

—¿Tengo tiempo de comer?

—Sin duda, señor.

Poirot anuló la reserva de su habitación y cruzó el vestíbulo para dirigirse al restaurante.

Al pedir la minuta al camarero, una mano se posó sobre su hombro.

—Ah, *mon vieux*, qué placer tan inesperado —dijo una voz a su espalda.

El que hablaba era un individuo bajo, grueso, con el pelo peinado *en brosse*. Le sonreía extasiado. Poirot se puso apresuradamente en pie.

—¡Monsieur Bouc!

—¡Monsieur Poirot!

Monsieur Bouc era un belga, director de la *Compagnie Internationale des Wagons Lits*, y su amistad con el antiguo astro de la Policía Belga databa de muchos años atrás.

—Le encuentro a usted muy lejos de casa, *mon cher* —dijo monsieur Bouc.

—Un pequeño asunto en Siria.

—¡Ah! ¿Y cuándo regresa usted?

—Esta noche.

—¡Espléndido! Yo también. Es decir, voy hasta Lausana, donde tengo unos asuntos. Supongo que viajará usted en el Simplon Orient Express.

—Sí. Acabo de mandar reservar una litera. Mi intención era quedarme aquí algunos días, pero he recibido un telegrama reclamándome a Inglaterra para un asunto importante.

—¡Ah! —suspiró monsieur Bouc—. *Les affaires... les af-*

faires! ¡ Pero usted... usted está ahora en la cumbre, *mon vieux!*

—Quizás he tenido algunos pequeños éxitos. —Hércules Poirot trató de aparentar modestia, pero fracasó rotundamente.

Bouc se echó a reír.

—Nos veremos más tarde —dijo.

Poirot se dedicaba a la ímproba tarea de mantener los bigotes fuera de la sopa.

Ejecutada aquella difícil operación, miró a su alrededor mientras esperaba el segundo plato. Había solamente media docena de personas en el restaurante y, de la media docena, sólo dos personas interesaban al detective Hércules Poirot.

Estas dos personas estaban sentadas a una mesa no muy lejana. El más joven era un caballero de unos treinta años, de aspecto simpático, claramente un norteamericano. Fue, sin embargo, su compañero quien más atrajo la atención del detective.

Era un hombre entre sesenta y setenta años. A primera vista, tenía el bondadoso aspecto de un filántropo. Su cabeza, ligeramente calva, su despejada frente, la sonriente boca que dejaba ver la blancura de unos dientes postizos, todo parecía hablar de una bondadosa personalidad. Sólo los ojos contradecían esta impresión. Eran pequeños, hundidos y astutos. Y no solamente eso. Cuando el individuo, al hacer cierta observación a su compañero, miró hacia el otro lado del comedor, su mirada se detuvo sobre Poirot un momento y, durante aquel segundo, mostraron sus ojos una extraña malevolencia, una viva expresión de maldad.

El individuo se levantó.

—Pague la cuenta, Hector —dijo a su joven compañero.

Su voz era desagradable y ásperamente autoritaria.

Cuando Poirot se reunió con monsieur Bouc en el mostrador, los dos hombres se disponían a abandonar el hotel... Los mozos bajaban su equipaje. El caballero más joven vigilaba la operación. Una vez terminada, abrió la puerta de cristales y dijo:

—Todo listo, mister Ratchett.

El individuo de más edad rezongó unas palabras y atravesó la puerta.

—*Eh bien!* —dijo Poirot—. ¿Qué opina usted de esos dos personajes?

—Norteamericanos —dijo monsieur Bouc.

—Ya me lo suponía. Pregunto qué opina usted de sus personalidades.

—El joven parecía muy simpático.

—¿Y el otro?

—Si he de decirle la verdad, amigo mío, no me gustó. Me produjo una impresión en grado sumo desagradable. ¿Y a usted?

Hércules Poirot tardó un momento en contestar.

—Cuando pasó por mi lado en el restaurante —dijo al fin—, tuve una curiosa impresión. Fue como si un animal salvaje... ¡una fiera...! me hubiese rozado.

—Y, sin embargo, tiene un aspecto de lo más respetable.

—*Précisément!* El cuerpo... la jaula... es de lo más respetable, pero el animal salvaje aparece detrás de los barrotes.

—Es usted fantástico, *mon vieux*. —Monsieur Bouc se rió.

—Quizá sea así. Pero no puedo deshacerme de la impresión de que la maldad pasó junto a mí.

—¿Ese respetable caballero norteamericano? Bien —dijo jovialmente monsieur Bouc—, quizá tenga razón. Hay mucha maldad en el mundo.

En aquel momento se abrió la puerta y el conserje se dirigió hacia ellos. Parecía contrariado.

—Es extraordinario, señor —dijo a Poirot—. No queda una sola litera disponible de primera clase en el tren.

—*Comment?* —exclamó monsieur Bouc—. ¿En esta época del año? ¡Ah! Sin duda viajará un enjambre de periodistas, o de políticos...

—No lo sé, señor —le dijo el conserje respetuosamente—. El caso es que no hay ninguna litera de primera clase disponible.

—Está bien, está bien. —Y se dirigió a Poirot—: No se preocupe usted, amigo mío. Lo arreglaremos de algún modo. Siempre hay algún compartimiento... el número dieciséis, que no está comprometido. El encargado del coche cama se cuidará de eso. —Consultó su reloj y añadió—: Vamos, ya es hora de marchar.

En la estación, monsieur Bouc fue saludado con respetuosa cordialidad por el encargado del coche cama con su uniforme marrón.

—Buenas noches, señor. Su compartimiento es el número uno.

Llamó a los mozos y éstos aproximaron sus carretillas cargadas de equipajes al vagón cuyas placas proclamaban su destino:

ESTAMBUL-TRIESTE-CALAIS.

—Tengo entendido que viaja mucha gente esta noche. ¿Es cierto?

—Es increíble, señor. ¡Todo el mundo ha elegido esta noche para viajar!

—Así y todo tiene usted que buscar acomodo para este caballero. Es un amigo mío. Se le puede dar el número dieciséis.

—Está ocupado, señor.

—¿Cómo? ¿El número dieciséis?

—Sí, señor. Como ya le he dicho, el tren va lleno, hasta los topes.

—Pero, ¿qué ocurre? ¿Alguna conferencia? ¿Congresistas?

—No, señor. Es pura casualidad. A la gente parece habérsele antojado viajar esta noche.

Monsieur Bouc hizo un gesto de disgusto.

—En Belgrado —dijo— engancharán el coche cama de Atenas, y también el de Bucarest-París... pero no llegamos a Belgrado hasta mañana por la tarde. El problema es para esta misma noche. ¿No hay ninguna litera de segunda clase que esté libre?

—Hay una, señor...

—Bien, entonces...

—Pero está en un compartimiento para mujeres. Hay ya en él una alemana... una sirvienta.

—*Là, là*, no nos sirve —rezongó monsieur Bouc.

—No se preocupe, amigo mío —dijo Poirot—. Viajaré en un coche ordinario.

—De ningún modo. De ningún modo —monsieur Bouc volvió a dirigirse al encargado del coche cama—. ¿Ha llegado todo el mundo?

El empleado respondió lentamente, titubeando.

—Sólo falta un viajero...

—¿Qué litera tiene asignada?

—La número siete... de segunda clase. El caballero no ha llegado todavía y faltan cuatro minutos para las nueve.

—¿Quién es?

—Un inglés. —El encargado consultó la lista—. Un tal mister Harris.

—Nombre de buen agüero —dijo Poirot—. Mister Harris no llegará.

—Ponga el equipaje del señor en el número siete —ordenó monsieur Bouc—. Si llega ese mister Harris le diremos que es demasiado tarde... que las literas no pueden ser retenidas tanto tiempo... arreglaremos el asunto de una manera u otra. ¿Para qué preocuparse de un mister Harris?

—Como ordene el señor —dijo el encargado.

El empleado habló con el mozo de Poirot y le dijo dónde debía llevar el equipaje. Luego se apartó a un lado para permitir que Poirot subiese al tren.

—*Tout à fait au bout, monsieur* —anunció—. El penúltimo compartimiento.

Poirot avanzó por el pasillo con bastante dificultad, pues la mayoría de los viajeros estaban fuera de sus compartimientos. Los corteses *pardons* de Poirot salieron de su boca con la regularidad de un reloj. Al fin llegó al compartimiento indicado. Dentro, colocando un maletín, encontró al joven norteamericano del hotel Tokatlian.

El joven frunció el ceño al ver a Poirot.

—Perdóneme —dijo—. Creo que se ha equivocado usted. —Y repitió trabajosamente en francés—: *Je crois que vous avez un erreur.*

Poirot contestó en inglés:

—¿Es usted mister Harris?

—No, me llamo MacQueen. Yo...

Pero en aquel momento la voz del encargado del coche cama se dejó oír detrás de Poirot.

—No hay otra litera libre, señor. El caballero tiene que acomodarse aquí.

Mientras hablaba levantó la ventanilla del pasillo y empezó a subir el equipaje de Poirot.

Poirot advirtió con cierto regocijo el tono de disculpa de su voz. Era evidente que le habían prometido una buena propina si podía reservar el compartimiento para el uso exclusivo del otro viajero. Pero hasta la más espléndida propina pierde su efecto cuando un director de la compañía está a bordo y dicta órdenes.

El encargado salió del compartimiento después de dejar colocadas las maletas en la rejilla para equipajes.

—*Voilà, monsieur* —dijo—. Todo está arreglado. Su litera es la de arriba, la número siete. Partiremos dentro de un minuto.

Desapareció apresuradamente pasillo adelante. Poirot volvió a entrar en su compartimiento.

—Un fenómeno que he visto rara vez —comentó jovialmente—. ¡El encargado de un coche cama que sube el mismo el equipaje! ¡Es inaudito!

Su compañero de viaje sonrió. Evidentemente había conseguido vencer su disgusto... y decidió que convenía tomar el asunto filosóficamente.

—El tren va extraordinariamente lleno —comentó.

Sonó un silbato y la máquina lanzó un largo y melancólico alarido. Ambos hombres salieron al pasillo.

—*En voiture* —gritó una voz en el andén.

—Salimos —dijo MacQueen.

Pero no salieron todavía. El silbato volvió a sonar.

—Escuche, señor —dijo de pronto el joven—. Si usted prefiere la litera de abajo, a mí me da lo mismo.

—No, no —protestó Poirot—. No quiero privarle a usted...

—Nada, queda convenido.

—Es usted demasiado amable...

Hubo corteses protestas por ambas partes.

—Es por una noche solamente —explicó Poirot—. En Belgrado...

—¡Oh! Ya entiendo. ¿Baja usted en Belgrado?

—No exactamente. Verá usted...

Hubo un violento tirón. Los dos hombres se acodaron en la ventanilla para contemplar el largo e iluminado andén, que fue desfilando lentamente ante ellos.

El Orient Express iniciaba su viaje de tres días a través de Europa.

CAPÍTULO III

POIROT RENUNCIA A UN CASO

Al día siguiente, monsieur Hércules Poirot entró un poco tarde en el vagón restaurante. Se había levantado temprano, había desayunado casi solo y había invertido casi toda la mañana en repasar las notas del asunto que le llevaba a Londres. Apenas había visto a su compañero de viaje.

Monsieur Bouc, que ya estaba sentado, indicó a su amigo la silla del otro lado de la mesa. Poirot se sentó y no tardaron en servirles los primeros y escogidos platos. La comida fue desacostumbradamente buena.

Hasta que no empezaron a comer una exquisita crema de queso, monsieur Bouc no dedicó su atención a otros asuntos que la comida. Después empezó a sentirse filósofo.

—¡Ah! —suspiró—. ¡Quisiera poseer la pluma de Balzac! ¡Cómo describiría esta escena!

—Es una buena idea —murmuró Poirot.

—¿Verdad que sí? Nadie lo ha hecho todavía. Y, sin embargo, se presta para una novela. Nos rodean gentes de todas clases, de todas las nacionalidades, de todas las edades. Durante tres días estas gentes, extrañas unas a otras, vivirán reunidas. Dormirán y comerán bajo el mismo techo, no podrán separarse. Al cabo de los tres días seguirán distintos caminos para no volver, quizás, a verse.

—Y, sin embargo —dijo Poirot—, supongamos que un accidente...

—¡Ah, no, amigo mío...!

—Desde su punto de vista sería de lamentar, estoy de acuerdo. Pero supongámoslo por un momento. Entonces todos nosotros seguiríamos unidos... por la muerte.

—¿Un poco más de vino? —dijo monsieur Bouc, al tiempo que llenaba las copas apresuradamente—. Está usted muy pesimista, *mon cher*. ¿Una mala digestión, quizás?

—Probablemente —convino Poirot—. Los alimentos de Siria no eran los más apropiados para mi estómago.

Bebió su vino a pequeños sorbos. Luego se recostó en su asiento y paseó una pensativa mirada por el vagón restaurante. Eran trece comensales en total y, como monsieur Bouc había dicho, de todas clases y nacionalidades. Empezó a estudiarlos.

En la mesa opuesta a la de ellos había tres hombres.

Eran, sospechó, simples viajeros colocados allí por el inefable juicio de los empleados del restaurante. Un corpulento italiano se escarbaba los dientes con visible placer. Frente a él, un atildado inglés de rostro inexpresivo y reprobador del criado eficiente. Junto al inglés se sentaba un norteamericano de traje chillón... posiblemente un viajante de comercio.

—No hemos comido mal —dijo este último con voz nasal.

El italiano se quitó el mondadientes para gesticular con más libertad.

—Cierto —dijo—. Es lo que he estado diciendo todo el tiempo.

El inglés se asomó por la ventanilla y tosió.

La mirada de Poirot siguió adelante.

En una pequeña mesa estaba sentada, muy seria y muy erguida, una vieja dama de una fealdad jamás vista. Pero la suya era una fealdad no exenta de distinción, que fascinaba más bien que repelía. Rodeaba su cuello un collar de grandes perlas legítimas, aunque no lo pareciesen. Sus manos estaban cubiertas de sortijas. Llevaba el abrigo echado hacia atrás sobre los hombros. Una pequeña toca negra, horrorosamente colocada, aumentaba la fealdad de su rostro.

En aquel momento hablaba con el camarero en un tono tranquilo y cortés, pero completamente autocrático.

—¿Tendrá usted la bondad de poner en mi compartimiento una botella de agua mineral y un vaso grande de jugo de naranja? Haga que me preparen para la cena de esta noche un poco de pollo sin salsa y algo de pescado cocido.

El camarero contestó respetuosamente que sería complacida en su demanda.

La dama asintió con un gracioso movimiento de cabeza y se puso en pie. Su mirada tropezó con la de Poirot y la rehuyó con la indiferencia de una aristócrata.

—Es la princesa Dragomiroff —dijo monsieur Bouc en voz baja—. Es rusa. Su marido consiguió todo su caudal antes de la Revolución y lo invirtió en el extranjero. Es muy rica. Una verdadera cosmopolita.

Poirot dijo que había oído hablar de ella.

—Tiene una gran personalidad —añadió monsieur Bouc—. Fea como un pecado, pero se hace notar. ¿Cierto?

Poirot se mostró de acuerdo.

En otra de las mesas estaba sentada Mary Debenham con otras dos mujeres. Una de ellas de mediana edad, alta, con una blusa *plaid* y una falda a cuadros. Una masa de cabellos de un amarillo algo desvaído, recogidos en un gran moño, encuadraba su rostro ovejuno, al que no faltaban los indispensables lentes. Escuchaba a la tercera mujer, persona de rostro agradable, de mediana edad, que hablaba en tono claro y monótono, sin dar muestras de pensar hacer una pausa, ni siquiera para respirar.

—... y entonces mi hija dijo: «No se pueden implantar en este país los métodos norteamericanos. Es natural que la gente de aquí sea indolente. No tiene por qué apresurarse.» Esto es lo que mi hija dijo. Quisiera que viesen ustedes lo que está haciendo allí nuestro colegio. Tenemos que aplicar nuestras ideas occidentales y enseñar a los indígenas a respetarlas. Mi hija dice...

El tren penetró en el túnel. La monótona voz quedó ahogada por el estruendo.

En la mesa contigua, una de las pequeñas, se sentaba el coronel Arbuthnot... solo. Su mirada estaba fija en la nuca de Mary Debenham. No se habían sentado juntos. Sin embargo, podrían haberlo conseguido fácilmente. ¿Por qué no lo hicieron? «Quizá Mary Debenham se haya resistido —pensó Poirot—. Una institutriz aprende a tener cuidado. Las apariencias son muy importantes. Cuando una muchacha se gana la vida trabajando, debe ser discreta.»

Dirigió su mirada hacia el otro extremo del vagón. Al final, junto a la pared, había una mujer de mediana edad vestida de negro. Su cara era inexpresiva. «Alemana o escandinava —pensó—. Probablemente una camarera alemana.»

Después de ella venía una pareja que hablaba animadamente, muy inclinados sobre la mesa. El hombre vestía ropas inglesas de tejido claro... pero no era inglés. Aunque sólo era visible para Poirot la parte posterior de su cabeza.

De pronto volvió la cabeza y Poirot pudo ver su perfil. Un admirable varón de treinta años con un gran bigote rubio.

La mujer sentada frente a él era una verdadera chiquilla... veinte años a lo sumo. Vestía una chaqueta negra muy ceñida, falda también negra y una blusa blanca de satín. Adornaba su cabeza un *toque* muy *chic* colocado graciosamente de costado. Tenía un bello rostro, piel muy pálida, grandes ojos oscuros y pelo negro como el azabache. Fumaba un cigarrillo con una larga boquilla. Sus cuidadas manos tenían pintadas las uñas de un rojo muy vivo. Lucía sobre el pecho una gran esmeralda montada en platino. Había coquetería en su mirada y en su voz.

—*Elle est jolie... et chic* —murmuró Poirot—. Marido y mujer... ¿eh?

Monsieur Bouc asintió.

—De la Embajada húngara, según creo —dijo—. Una espléndida pareja.

Quedaban solamente otros dos comensales: el compañero de viaje de Poirot, MacQueen, y su jefe mister Ratchett.

Este estaba sentado de cara a Poirot, y el detective estudió por segunda vez aquel rostro desconcertante en el que contrastaban la falsa benevolencia de la expresión con los ojos pequeños y crueles.

Indudablemente, monsieur Bouc vio algún cambio en la expresión de su amigo.

—¿Está contemplando su animal salvaje? —le preguntó.

Poirot hizo un gesto afirmativo.

Cuando servían el café, monsieur Bouc se puso en pie. Había empezado a comer antes que Poirot y había terminado hacía algún tiempo.

—Me vuelvo a mi compartimiento —dijo—. Venga luego por allí y charlaremos un rato.

—Con mucho gusto.

Poirot sorbió su café y pidió una copa de licor. El camarero pasaba de mesa en mesa, con una bandeja de dinero aceptando el pago en billetes. La vieja dama norteamericana elevó su voz chillona y monótona.

—Mi hija me dijo: «Lleva un talonario de *tickets* y no tendrás molestia alguna.» Pero no es así. Recargan un diez por ciento por el srvicio y hasta me han incluido la botella de agua mineral. Por cierto que no tienen ni Evian ni Vichy, lo que me parece extraño.

—Es que están obligados a servir el agua del país —explicó la dama del rostro ovejuno.

—Bien, pero me parece extraño. —La mujer miró con disgusto el pequeño montón de monedas colocado sobre la mesa frente a ella—. Miren lo que me dan aquí. Dinars o algo por el estilo. Unos discos que no tienen valor ninguno. Mi hija decía...

Mary Debenham empujó hacia atrás su silla y se retiró con una pequeña inclinación de cabeza a las otras dos mujeres. El coronel Arbuthnot se puso en pie y la siguió. La dama norteamericana recogió su despreciado montón de monedas y se retiró igualmente, seguida por la señora de rostro ovejuno. Los húngaros se habían marchado ya. En el vagón restaurante quedaban solamente Poirot, Ratchett y MacQueen.

Ratchett habló a su compañero, que se puso en pie y abandonó el salón. Luego se levantó él también, pero en lugar de seguir a MacQueen se sentó inesperadamente en la silla frente a Poirot.

—¿Me haría usted el favor de un fósforo? —dijo. Su voz era suave, ligeramente nasal—. Mi nombre es Ratchett.

Poirot se inclinó ligeramente. Luego deslizó una mano en el bolsillo y sacó una caja de fósforos, que entregó al otro. Este la cogió, pero no encendió ninguno.

—Creo —prosiguió— que tengo el placer de hablar con monsieur Hércules Poirot. ¿Es así?

Poirot volvió a inclinarse.

—Ha sido usted correctamente informado, señor.

El detective se dio cuenta de que los extraños ojillos de su interlocutor le miraban inquisitivamente.

—En mi país —dijo— entramos en materia rápidamente, monsieur Poirot: quiero que se ocupe usted de un trabajo para mí.

Las cejas de monsieur Poirot se elevaron ligeramente.

—*Ma clientèle*, señor, es muy limitada. Me ocupo de muy pocos casos.

—Eso me han dicho, monsieur Poirot. Pero en este asunto hay mucho dinero —repitió la frase con su voz dulce y persuasiva—. Mucho dinero.

Hércules Poirot guardó silencio un minuto.

—¿Qué es lo que desea usted que haga, mister... mister Ratchett? —preguntó al fin.

—Monsieur Poirot, soy un hombre rico... muy rico. Los hombres de mi posición tienen muchos enemigos. Yo tengo uno.

—¿Sólo uno?

—¿Qué quiere usted decir con esa pregunta? —replicó vivamente mister Ratchett.

—*Monsieur*, según mi experiencia, cuando un hombre está en situación de tener enemigos, como usted dice, el asunto no se reduce a uno solo.

Ratchett pareció tranquilizarse con la respuesta de Hércules Poirot.

—Comparto su punto de vista —dijo rápidamente—. Enemigo o enemigos... no importa. Lo importante es mi seguridad.

—¿Su seguridad?

—Mi vida está amenazada, monsieur Poirot. Pero soy un hombre que sabe cuidar de sí mismo. —Su mano sacó del bolsillo de la americana una pequeña pistola automática que mostró un momento—. No soy hombre a quien pueda cogerse desprevenido. Pero nunca está de más redoblar las precauciones. He pensado que usted es el hombre que necesito, monsieur Poirot. Y recuerde que hay mucho dinero... *mucho*.

Poirot le miró pensativo unos minutos. Su rostro era completamente inexpresivo. El otro no pudo adivinar qué pensamientos cruzaban su frente.

—Lo siento, señor —dijo al fin—. No puedo servirle.

El otro le miró fijamente.

—Diga usted su cifra, entonces.

—No me comprende usted, señor. He sido muy afortunado en mi profesión. Tengo suficiente dinero para satisfacer todas mis necesidades y mis caprichos. Ahora sólo acepto los casos... que me interesan.

—¿Le tentarían a usted veinte mil dólares? —dijo Ratchett.

—No.

—Si lo dice usted para poder conseguir más, le advierto que pierde el tiempo. Sé lo que valen las cosas.

—Yo también, mister Ratchett.

—¿Qué encuentra usted de malo en mi proposición?

Poirot se puso en pie.

—Si me perdona usted, le diré que no me gusta su cara, mister Ratchett —contestó.

Y acto seguido abandonó el vagón restaurante.

Capítulo IV

UN GRITO EN LA NOCHE

El Simplon Orient Express llegó a Belgrado a las nueve menos cuarto de aquella noche. Y como no debía reanudar el viaje hasta las nueve y cuarto, Poirot descendió al andén. No permaneció en él, sin embargo, mucho tiempo. El frío era intensísimo, y aunque el andén estaba cubierto, caía en él mucha nieve. Volvió, pues, a su compartimiento. El encargado, que había bajado también y se palmoteaba furiosamente para entrar en calor, se dirigió a él.

—Señor, su equipaje ha sido trasladado al compartimiento número uno, al de monsieur Bouc.

—¿Pero dónde está monsieur Bouc?

—Se ha acomodado en el vagón de Atenas que acaban de enganchar.

Poirot fue en busca de su amigo. Monsieur Bouc rechazó sus protestas.

—No tiene importancia. No tiene importancia. Es más conveniente así. Como usted va a Inglaterra, es mejor que continúe en el mismo vagón hasta Calais. Yo estoy muy bien aquí. En este coche vamos solamente un doctor griego y yo. ¡Ah, amigo, qué noche! Dicen que no ha caído tanta nieve desde hace muchos años. Esperemos que no nos detendrá. Si he de decirle la verdad, no estoy muy tranquilo.

El tren abandonó la estación a las nueve y cuarto en punto, y poco después Poirot se puso en pie, dio las buenas noches a su amigo y avanzó por el pasillo en dirección a su coche, que se hallaba a continuación del vagón restaurante. Durante aquel segundo día de viaje había ido rompiéndose el hielo entre los viajeros. El coronel Arbuthnot estaba en la puerta de su compartimiento hablando con MacQueen.

MacQueen interrumpió algo que estaba diciendo al ver a Poirot. Pareció muy sorprendido.

—¡Cómo! —exclamó—. Creí que nos había usted dejado. Dijo que bajaría en Belgrado.

—No me comprendió usted bien —replicó Poirot—. Recuerdo que el tren salió de Estambul cuando estábamos hablando de eso.

—Pero su equipaje ha desaparecido.

—Lo han trasladado a otro compartimiento. Eso es todo.

—¡Ah, ya!

Reanudó su conversación con Arbuthnot, y Poirot siguió adelante.

Dos puertas antes de su compartimiento encontró a la anciana norteamericana, mistress Hubbard, hablando con la dama de rostro ovejuno, que era una sueca. Mistress Hubbard parecía muy interesada en que la otra aceptase una revista ilustrada.

—Llévesela, querida —decía—. Tengo otras muchas cosas para leer. ¿No es espantoso el frío que hace?

La dama sonrió amistosamente al pasar Poirot.

—Es usted muy amable —dijo la sueca.

—No se hable más de ello. Que descanse usted bien y que mañana se sienta mejor de su dolor de cabeza.

—Es sólo un pequeño resfriado. Ahora me haré una taza de té.

—¿Tiene usted aspirinas? ¿Está segura? Yo tengo muchas. Bien, buenas noches, querida.

Cuando se alejó la otra mujer, se dirigió a Poirot con ganas de entablar conversación.

—¡Pobre criatura! Es sueca. Por lo que tengo entendido es una especie de misionera, una maestra. Es muy simpática, pero habla poco inglés. Le interesó *muchísimo* lo que le conté de mi hija.

Poirot sabía ya todo lo referente a la hija de mistress Hubbard. ¡Todos los viajeros que hablaban inglés lo sabían! Que ella y su marido pertenecían al personal de un gran colegio norteamericano en Esmirna; que aquél era el primer viaje de mistress Hubbard a Oriente; y lo que ella opinaba de los turcos y del paupérrimo estado de sus carreteras...

La puerta inmediata se abrió y apareció la pálida y delgada figura del criado de mister Ratchett. Poirot vio un instante al caballero norteamericano, sentado en la litera. El también vio a Poirot y su rostro enverdeció de ira. Luego la puerta volvió a cerrarse.

Mistress Hubbard llevó a Poirot un poco a un lado.

—Me asusta ese hombre —murmuró—. ¡Oh, no me refiero al criado, sino al otro...! ¡Al amo! Hay algo siniestro en él. Mi hija dice siempre que soy muy intuitiva. «Cuando mamá tiene una corazonada, siempre tiene razón», me dice a cada paso. Y ese hombre me da mala espina. Duerme en el compartimiento inmediato al mío y no me gusta. Anoche atranqué la puerta de comunicación. Me pareció oírle andar por el pasillo. No me sorprendería que resultase un asesino... uno de esos ladrones de trenes de que hablan tanto los periódicos. Sé que es una tontería, pero no hay quien me lo quite de la cabeza. No puedo remediarlo. ¡Me da miedo ese hombre! Mi hija dijo que tendría un viaje feliz, pero no me siento muy tranquila. Verá usted cómo ocurre algo. No sé cómo ese joven tan amable puede ser su secretario.

El coronel Arbuthnot y MacQueen avanzaban hacia ellos por el pasillo.

—Entre en mi compartimiento —iba diciendo Mac-

Queen—. Todavía no lo han preparado para pasar la noche. Me interesa lo que me estaba diciendo usted sobre su política en la India...

Los dos hombres pasaron y siguieron por el pasillo hasta el compartimiento de MacQueen.

Mistress Hubbard se despidió de Poirot.

—Voy a acostarme y a leer un poco. Buenas noches.

—Buenas noches, madame.

Poirot penetró en su compartimiento, que era el inmediato al de Ratchett. Se desnudó y se metió en la cama, leyó durante media hora y luego apagó la luz.

Se despertó sobresaltado unas horas más tarde. Sabía lo que le había despertado... Un largo gemido, casi un grito. Y en el mismo momento sonó un timbre insistente.

Poirot se incorporó en el lecho y encendió la luz. Observó que el tren estaba parado, presumiblemente en alguna estación.

Aquel grito vibraba todavía en su cerebro. Recordó que era Ratchett quien ocupaba el compartimiento inmediato. Saltó de la cama y abrió la puerta en el preciso momento en que el encargado del coche cama avanzaba corriendo por el pasillo y llamaba a la puerta de Ratchett. Poirot mantuvo abierta ligeramente la puerta, observando. El encargado llamó por segunda vez. Sonó un timbre y salió luz de una puerta más allá. El encargado miró en aquella dirección.

En el mismo momento salió una voz del compartimiento de mister Ratchett.

—*Ce n'est rien. Je me suis trompé.*

—*Très bien, monsieur.*

El encargado se dirigió al compartimiento de donde salía la luz y llamó a la puerta. Poirot volvió a la cama, ya más tranquilo, y apagó la lámpara. Antes consultó su reloj. Era la una menos veintitrés minutos.

Capítulo V

El CRIMEN

No consiguió volverse a dormir inmediatamente. En primer lugar, echaba de menos el movimiento del tren. Si el tren *estaba* en una estación, parecía curiosamente tranquila. Por contraste, los ruidos dentro del tren parecían desacostumbradamente fuertes. Oyó a Ratchett moverse en el compartimiento inmediato; un ruido como si hubiese abierto el grifo del lavabo; luego el rumor del agua al correr y después otra vez el chasquido del grifo al cerrarse. Sonaron unos pasos en el pasillo, los apagados pasos de alguien que caminaba calzado con chinelas.

Hércules Poirot siguió despierto, mirando al techo. ¿Por qué estaba tan silenciosa la estación? Sentía seca la garganta. Había olvidado pedir su acostumbrada botella de agua mineral. Consultó de nuevo su reloj. Era la una y cuarto. Llamaría al encargado y le pediría una botella.

Su brazo se alargó para pulsar el timbre, pero se detuvo al oír otro timbrazo. El encargado no podía atender todas las llamadas a la vez.

Riiing... Riiing... Riiing...

Sonaba una y otra vez. ¿Dónde estaría el encargado? Alguien se impacientaba.

Riiing...

Quien fuese no quitaba su dedo del pulsador.

De pronto se oyeron los pasos apresurados del emplea-do. Llamó a una puerta no lejos de la de Poirot.

Llegaron hasta Poirot unas voces. La del encargado, amable, apologética; la de una mujer, insistente, voluble. Mistress Hubbard.

Poirot sonrió para sí.

El altercado, si tal era, siguió durante algún tiempo. Sus proporciones correspondían en un noventa por ciento a mistress Hubbard y en un humilde diez por cien-to al encargado. Finalmente, el asunto pareció arreglarse.

—*Bonne nuit, madame* —oyó distantemente Poirot, y luego cerrarse la puerta. Aplicó entonces su dedo al timbre.

El encargado llegó inmediatamente. Parecía excitado.

—*De l'eau minerale, s'il vous plait.*

—*Bien, monsieur.*

Quizás un guiño de Poirot le invitó a la confidencia.

—*La dame nord-américaine...*

—¿Sí?

El empleado se enjugó la frente.

—¡Imagínese lo que he tenido que discutir con ella! In-siste, pero de que manera, en que hay un hombre en su compartimiento. Figúrese el señor. En un espacio tan re-ducido. —El encargado señaló con su mano el espacio alu-dido—. ¿Dónde iba a esconderse? Hice notar a la señora que es imposible. Pero ella insiste. Dice que se despertó y que había un hombre allí. ¿Y cómo, le pregunté, iba a salir dejando la puerta con el cerrojo echado? Pero ella no quiso escuchar mis razones. Como si no tuviéramos ya bastantes preocupaciones. Esta nieve...

—¿Nieve?

—Claro, señor. ¿No se ha dado cuenta? El tren está de-tenido. Estamos en plena ventisca, y Dios sabe cuánto tiempo estaremos aquí. Recuerdo una vez que permaneci-mos detenidos siete días.

—¿En dónde estamos?

—Entre Vincovci y Brod.

—*Là, là* —dijo Poirot, disgustado.

El hombre se retiró y volvió con el agua.

—*Bon soir, monsieur*.

Poirot bebió un vaso y se acomodó para dormir.

Iba quedándose dormido cuando algo le volvió a despertar. Esta vez fue como si un cuerpo pesado hubiese golpeado contra la puerta.

Se arrojó del lecho, abrió la puerta y se asomó. Nada. Pero a su derecha una mujer envuelta en un quimono escarlata se alejaba por el pasillo. Al otro extremo, sentado en su asiento, el encargado trazaba cifras en unas largas hojas de papel. Todo estaba muy tranquilo.

«Decididamente, debo padecer de los nervios», se dijo Poirot, volviendo a la litera. Esta vez durmió hasta la mañana siguiente.

Cuando se despertó, el tren estaba todavía parado. Levantó una cortinilla y miró al exterior. Grandes masas de nieve rodeaban el tren.

Miró su reloj y vio que eran más de las nueve.

A las diez menos cuarto, muy atildado como siempre, se dirigió al vagón restaurante, donde le acogió un coro de voces. Las barreras que al principio separaban a los viajeros se habían derrumbado por completo. Todos se sentían unidos por la común desgracia. Mistress Hubbard era la más ruidosa en sus lamentaciones.

—Mi hija me dijo que tendría un viaje feliz. «No tienes más que sentarte en el tren y él te llevará hasta Parrus.» Y ahora podemos estar aquí días y más días —se lamentaba—. Y mi buque zarpará pasado mañana. ¿Cómo voy a embarcar allí entonces? Ni siquiera puedo telegrafiar para anular mi pasaje.

El italiano decía que tenía un asunto urgente en Milán

y el norteamericano expresó su esperanza de que el tren saliese del atasco y llegase todavía a tiempo.

—Mi hermana y sus hijos me esperan —dijo la sueca, echándose a llorar—. ¿Qué pensarán? Creerán que me ha sucedido algo grave.

—¿Cuánto tiempo estaremos aquí? ¿Lo sabe *alguien*? —preguntó Mary Debenham.

Su voz tenía un tono de impaciencia, pero Poirot observó que no daba muestras de aquella ansiedad casi febril que había mostrado durante el trayecto en el Taurus Express.

Mistress Hubbard volvió a dejar oír su voz.

—En este tren nadie sabe nada. Y nadie trata de hacer algo. Somos una manada de inútiles extranjeros. Si estuviésemos en mi país no faltaría alguien que trataría de ponerle remedio.

Arbuthnot se dirigió a Poirot y le habló en francés con un marcado acento británico.

—*Vous êtes un directeur de la ligne, je crois, monsieur. Vous pouvez nous dire...*

—No, no —contestó Poirot en inglés, sonriendo—. No soy yo. Usted me confunde con mi amigo.

—¡Oh, perdone!

—Por nada. Es muy natural. Estoy ahora en el compartimiento que él ocupaba antes.

Monsieur Bouc no estaba presente en el vagón restaurante. Poirot miró a su alrededor para ver quién más estaba ausente.

Faltaba la princesa Dragomiroff y la pareja húngara. También faltaban Ratchett, su criado y la doncella alemana.

La dama sueca se enjugó los ojos.

—Qué estúpida soy! —dijo—. Lloro igual que un bebé. Si lo que deba suceder, igual sucederá.

Este cristiano espíritu no obstante, estuvo lejos de ser compartido por los demás.

—Eso está muy bien —dijo MacQueen—. Pero podemos estar aquí detenidos algunos días.

—¿Sabe alguien, al menos, en qué país estamos? —preguntó llorosa mistress Hubbard.

Y al contestarle alguien que en Yugoslavia, añadió:

—¡Oh, uno de esos rincones de los Balcanes! ¿Qué podemos esperar?

—Usted es la única que tiene paciencia, mademoiselle —dijo Poirot, dirigiéndose a miss Debenham.

Ella se encogió de hombros.

—¿Qué otra cosa se puede hacer?

—Es usted una filósofa, mademoiselle.

—Eso implica una actitud distinta. Creo que la mía es más egoísta. He aprendido a ahorrarme emociones inútiles.

La joven hablaba más para sí misma que para él. Ni siquiera le miraba. Tenía los ojos fijos en una de las ventanillas, donde la nieve iba acumulándose en grandes masas.

—Tiene usted un carácter enérgico, mademoiselle —le dijo galantemente Poirot—. ¡El más enérgico de todos nosotros!

—¡Oh, no lo crea! Conozco a alguien con mucha más energía que yo.

—¿Y es...?

La joven pareció volver repentinamente en sí, a la realidad de que estaba hablando con un extraño, un extranjero con quien hasta aquella mañana sólo había cambiado media docena de frases.

Se echó a reír con risa un poco forzada.

—Pues... esa anciana señora, por ejemplo. Usted probablemente se habrá fijado en ella. Es fea; pero tiene algo que fascina. No tiene más que levantar un dedo y pedir algo con voz suave... y todo el tren empieza a rodar.

—También rueda por mi amigo monsieur Bouc —repuso Poirot—. Pero rueda por que es uno de los directores de la línea, no porque tenga un carácter autoritario.

Mary Debenham sonrió.

La mañana iba avanzando. Algunas personas, Poirot entre ellas, permanecieron en el vagón restaurante. Por el momento se pasaba mejor el tiempo haciendo vida en común.

Mistress Hubbard volvió a extenderse en largas divagaciones sobre su hija y sobre la vida y costumbres de su difunto marido, desde que se levantaba por la mañana y desayunaba con cereales, hasta que se acostaba por las noches, con unos calcetines que la misma mistress Hubbard confeccionaba para él.

Mientras Poirot escuchaba un confuso relato de los fines misionales de la dama sueca, otro encargado de los coches cama entró en el vagón y se detuvo a su lado.

—*Pardon, monsieur*.

—¿Sí?

—Monsieur Bouc agradecería que tuviese usted la bondad de ir a hablar con él unos minutos.

Poirot se puso en pie, dio sus excusas a la dama sueca y siguió al hombre fuera del vagón restaurante. Éste no era el encargado de su coche, sino un hombre mucho más corpulento.

Siguió al guía a través del pasillo de su propio vagón y el del inmediato. El hombre llamó a una puerta y se apartó para dejar pasar a Poirot.

El compartimiento no era el de monsieur Bouc. Era uno de segunda clase, elegido presumiblemente a causa de su mayor tamaño. Daba la impresión de estar lleno de gente.

Monsieur Bouc estaba sentado en uno de los asientos del fondo. Frente a él, junto a la ventanilla, un individuo bajo y moreno contemplaba la nieve a través de los cristales. De pie, y como impidiendo pasar a Poirot, estaba un hombre de uniforme azul —el *chef de train*— y a su lado el encargado de su coche cama.

—¡Ah, mi buen amigo! —exclamó monsieur Bouc—. Entre. Le necesitamos a usted.

El individuo sentado al lado de la ventanilla se apartó un poco y monsieur Poirot pasó por entre los dos empleados y se sentó frente a su amigo.

La expresión del rostro de monsieur Bouc le dio, como él habría dicho, mucho que pensar. Era evidente que había ocurrido algo inusitado.

—¿Qué ocurre? —preguntó.

—Cosas muy graves, amigo mío. ¡Ni que lo diga! Primero esta nieve... que nos ha detenido. Y ahora...

Hizo una pausa, y de la garganta del encargado del coche cama salió una especie de gemido ahogado.

¿Y ahora qué?

—*Y ahora un caballero aparece muerto en su cama... cosido a puñaladas.*

Monsieur Bouc hablaba con una especie de resignada desesperación.

—¿Un viajero? ¿Qué viajero?

—Un norteamericano. Un individuo llamado... llamado...

Consultó unas notas que tenía delante de él.

—Ratchett... ¿No es eso?

—Sí, señor —contestó el encargado con tranquilidad.

Poirot le miró. Estaba tan pálido como el yeso.

—Mejor será que mande usted sentar a este hombre —dijo a su amigo—. Está a punto de desmayarse.

El *chef de train* se apartó ligeramente y el encargado se dejó caer en el asiento y hundió la cabeza entre las manos.

—¡Brrr! —hizo Poirot—. Esto es muy serio.

—¡Y tan serio! Para empezar, un asesinato, que ya de por sí es una calamidad de primerísimo orden, y luego esta parada, que quizá nos retenga aquí horas. ¡Qué digo horas...! ¡Días! Otra circunstancia. Al pasar por la mayoría de los países tenemos la policía del país en el tren. Pero en Yugoslavia... no, ¿comprende usted?

—Sí que es una situación difícil —convino Poirot.

—Y aún puede empeorar. El doctor Constantine... Me olvidaba. No se lo he presentado a usted... Doctor Constantine, monsieur Poirot.

El hombrecillo moreno se inclinó y Poirot correspondió a la reverencia.

—El doctor Constantine opina que la muerte ocurrió hacia la una de la madrugada.

—Es difícil precisar en estos casos —aclaró el doctor—; pero creo poder decir que la muerte ocurrió entre la medianoche y las dos de la madrugada, aproximadamente.

—¿Cuándo fue visto mister Ratchett por última vez? —preguntó Poirot.

—Se sabe que estaba vivo a la una menos veinte, cuando habló con el encargado —contestó monsieur Bouc.

—Es cierto —dijo Poirot—. Yo mismo oí lo que ocurría. ¿Eso es lo último que se sabe?

Poirot se volvió hacia el doctor, quien continuó:

—La ventana del compartimiento de mister Ratchett fue encontrada abierta de par en par, lo que induce a suponer que el asesino escapó por allí. Pero en mi opinión esa ventana abierta no es más que una artimaña. El que salió por allí tenía que haber dejado huellas bien distinguibles en la nieve y no hay ninguna.

—¿Cuándo fue descubierto el crimen? —preguntó Poirot.

—¡Michel!

El encargado del coche cama se puso en pie. Estaba todavía pálido y asustado.

—Diga a este caballero lo que ocurrió exactamente —ordenó monsieur Bouc.

El hombre empezó a hablar con grandes titubeos.

—El criado de mister Ratchett llamó repetidas veces a

la puerta esta mañana. No hubo contestación. Luego, a la media hora, llegó el camarero del coche restaurante. Quería saber si el señor *desayunaría*. Eran las once. Le abrí la puerta con mi llave. Pero hay un pestillo, también, y estaba echado. Dentro nadie contestó y estaba todo en silencio... y muy frío, con la ventana abierta y la nieve cayendo dentro. Fui a buscar al jefe del tren. Rompimos el pestillo y entramos. El caballero estaba... *ah, c'etait terrible!*

Volvió a hundir el rostro entre las manos.

—La puerta estaba cerrada y tenía el pestillo echado por dentro —repitió pensativo Poirot—. No será suicidio... ¿eh?

El doctor griego rió de un modo sardónico.

—Un hombre que se suicida, ¿puede apuñalarse en diez... doce o quince sitios diferentes? —preguntó.

Poirot abrió los ojos.

—Es mucho ensañamiento —comentó.

—Es obra de una mujer —intervino el jefe del tren, hablando por primera vez—. No les quepa duda de que ha sido una mujer. Solamente una mujer es capaz de herir de ese modo.

El doctor Constantine hizo un gesto de duda.

—Tendría que ser una mujer muy fuerte —dijo—. No es mi deseo hablar técnicamente... eso no hace más que confundir... pero puedo asegurarles que uno o dos de los golpes fueron dados con tal fuerza que el arma atravesó los músculos y los huesos.

—Por lo visto no ha sido un crimen científico —comentó Poirot.

—Lo más anticientífico que puede imaginarse. Los golpes fueron descargados al azar. Algunos causaron apenas daño. Es como si alguien hubiese cerrado los ojos y luego, en loco frenesí, hubiese golpeado a ciegas una y otra vez.

—*C'est une femme* —repitió el jefe del tren—. Las mujeres son así. Cuando están furiosas tienen una fuerza terrible.

Lo dijo con tanto aplomo que todos sospecharon que tenía experiencia personal en la materia.

—Yo tengo, quizás, algo con que contribuir a su colección de detalles —dijo Poirot—. Mister Ratchett me habló ayer y me dijo, si no le comprendí mal, que su vida peligraba.

— Si fue cosido a puñaladas, como dicen los americanos, entonces el agresor no fue una mujer. Sería un gángster o un pistolero —opinó monsieur Bouc.

—De ser así —dijo Poirot—, sería un gángster aficionado.

—Hay en el tren un norteamericano muy sospechoso —añadió monsieur Bouc insistiendo en su idea—. Tiene un aspecto terrible y viste estrafalariamente. Mastica chicle sin cesar, lo que no es de muy buen tono. ¿Sabe a quién me refiero?

El encargado del coche cama hizo un gesto afirmativo.

—*Oui, monsieur*, al número dieciséis. Pero no pudo ser él. Le habría visto yo entrar o salir del compartimiento.

—Quizá no. Pero ya aclararemos eso después. Se trata ahora de determinar lo que debemos hacer —añadió, mirando a Poirot.

Poirot le miró a su vez fijamente.

—Vamos, amigo mío —siguió monsieur Bouc—. Adivinará usted lo que voy a pedirle. Conozco sus facultades, ¡Encárguese de esta investigación! No se niegue. Comprenda que, para nosotros, esto es muy serio. Hablo en nombre de la *Compagnie Internationale des Wagons Lits*. ¡Será hermoso presentar el caso resuelto cuando llegue la policía yugoslava! ¡De otro modo, tendremos retrasos, molestias, un millón de inconvenientes! En cambio si *usted* aclara el misterio, podremos decir con exactitud; «Ha ocurrido un asesinato... ¡y *éste* es el criminal!»

—Suponga usted que no lo resuelvo.

—*Ah, mon cher!* —La voz de monsieur Bouc se hizo francamente acariciadora—. Conozco su reputación. He oído algo de sus métodos. Este es un caso ideal para usted. Examinar los antecedentes de toda esta gente, descubrir su *bona fides*... todo eso exige tiempo e innumerables molestias. Y a mí me han informado que le han oído a usted decir con frecuencia que para resolver un caso no hay más que recostarse en un sillón y pensar. Hágalo así. Interrogue a los viajeros del tren, examine el cadáver, examine las huellas que haya y luego... bueno, ¡tengo fe en usted! Recuéstese y piense... utilice, como sé que dice usted a menudo, las células grises de su cerebro... *¡y todo quedará aclarado!*

Se inclinó hacia delante, mirando de modo afectuoso a su amigo.

—Su fe me conmueve, amigo mío —dijo Poirot emocionado—. Como usted dice, éste no puede ser un caso difícil. Yo mismo anoche... Pero no hablemos de esto ahora. No puedo negar que este problema me intriga. No hace unos minutos estaba pensando en que nos esperaban muchas horas de aburrimiento, mientras tanto estuviésemos detenidos aquí. Y de repente... llega a mis manos un intrincado problema.

—¿Acepta usted, entonces? —preguntó monsieur Bouc con ansiedad.

—*C'est entendu.* Me ocuparé de ello.

—Muy bien. Todos estamos a su disposición.

—Para empezar, me gustaría tener un plano del vagón Estambul-Calais, con una nota de los viajeros que ocupan los diversos compartimientos, y también me gustaría examinar sus pasaportes y billetes.

—Michel le proporcionará a usted todo eso.

El encargado del coche cama abandonó el compartimiento.

—¿Qué otros viajeros hay en el tren? —preguntó Poirot.

—En este vagón el doctor Constantine y yo somos los únicos viajeros. En el vagón de Bucarest hay un anciano caballero con una pierna inútil. Es muy conocido del encargado. Además, tenemos los vagones ordinarios, pero éstos no nos interesan, ya que quedaron cerrados después de servirse la cena de anoche. Delante del coche Estambul-Calais no hay más que el vagón restaurante.

—Parece, pues —dijo lentamente Poirot—, que debemos buscar nuestro asesino en el vagón Estambul-Calais. —Se dirigió al doctor para decirle—: ¿No es eso lo que insinuaba usted?

El griego asintió.

—Media hora después de medianoche tropezamos con la tormenta de nieve. Nadie pudo abandonar el tren desde entonces.

—*El asesino, por tanto* —anunció monsieur Bouc solemnemente—, *todavía está entre nosotros.*

CAPÍTULO VI

¿UNA MUJER?

Antes de nada —dijo Poirot—, me gustaría hablar unas palabras con el joven mister MacQueen. Puede darnos informes valiosísimos.

—Ciertamente —dijo monsieur Bouc.

Se dirigió al jefe del tren.

—Diga a mister MacQueen que tenga la bondad de venir.

El jefe del tren abandonó el compartimiento.

El encargado regresó con un puñado de pasaportes y billetes. Monsieur Bouc se hizo cargo de ellos.

—Gracias, Michel. Vuelva a su puesto. Más tarde le tomaremos declaración.

—Muy bien, señor.

Michel abandonó el vagón a su vez.

—Después de que hayamos visto al joven MacQueen —dijo Poirot—, quizás el doctor tendrá la bondad de acompañarme al compartimiento del difunto.

—Ciertamente.

—Y después que hayamos terminado allí...

En aquel momento regresó el jefe del tren, acompañado de Hector MacQueen.

Monsieur Bouc se puso en pie.

—Estamos un poco apretados aquí —dijo amablemente—. Ocupe mi asiento, mister MacQueen. Monsieur Poirot se sentará frente a usted... ahí.

Se volvió al jefe del tren.

—Haga salir a toda la gente del vagón restaurante —dijo— y déjelo libre para monsieur Poirot. ¿Celebrará usted sus entrevistas allí, *mon cher*?

—Sí, sería lo más conveniente —contestó Poirot.

MacQueen paseaba su mirada de uno a otro, sin comprender del todo el rápido francés que hablaban.

—*Qu'est-ce qu'il y a?* —comenzó a decir trabajosamente—. *Pourquoi...?*

Poirot le indicó con enérgico gesto que se sentase en el rincón. MacQueen obedeció y empezó a decir una vez más, intranquilo:

—*Pourquoi...?* —De pronto rompió a hablar en su propio idioma—. ¿Qué pasa en el tren? ¿Ha ocurrido algo?

Poirot hizo un gesto afirmativo.

—Exactamente. Ha ocurrido algo. Prepárese a recibir una gran emoción. *Su jefe, mister Ratchett, ha muerto.*

La boca de MacQueen emitió un silbido. A excepción de que sus ojos brillaron un poco más, no dio la menor muestra de emoción o disgusto.

—Al fin han podido con él —se limitó a decir.

—¿Qué quiere usted decir exactamente con esa frase, mister MacQueen?

Éste titubeó.

—¿Supone usted —insistió Poirot— que mister Ratchett fue asesinado?

—¿No lo fue? —Esta vez MacQueen mostró sorpresa—. Efectivamente —dijo—, eso es precisamente lo que creía. ¿Es que murió de muerte natural?

—No, no —dijo Poirot—. Su suposición es acertada. Mister Ratchett fue asesinado. Apuñalado. Pero me agradaría saber sinceramente por qué estaba usted tan seguro de que fue asesinado.

MacQueen titubeó de nuevo.

—Hablemos claro —dijo—. ¿Quién es usted? ¿Y qué pretende?

—Represento a la *Compagnie Internationale des Wagons Lits*. —Hizo una pausa y añadió—: Soy detective. Me llamo Hércules Poirot.

Si esperaba producir efecto, no causó ninguno. MacQueen dijo meramente:

—¿Ah, sí? —Y esperó a que prosiguiese.

—Quizá conozca usted el nombre.

—Parece que me suena... Sólo que siempre creí que era el de un modisto.

Hércules Poirot le miró con disgusto.

—¡Es increíble! —murmuró.

—¿Qué es increíble?

—Nada. Sigamos con nuestro asunto. Necesito que me diga usted todo lo que sepa del muerto. ¿Estaba usted emparentado con él?

—No. Soy... era su secretario.

—¿Cuánto tiempo hace que ocupa usted ese puesto?

—Poco más de un año.

—Tenga la bondad de darme todos los detalles que pueda.

—Conocí a mister Ratchett hará poco más de un año, estando en Persia.

Poirot le interrumpió.

—¿Qué hacía usted allí?

—Había venido de Nueva York para gestionar una concesión de petróleo. Supongo que no le interesará a usted el asunto. Mis amigos y yo fracasamos y quedamos en situación apurada. Mister Ratchett paraba en el mismo hotel. Acababa de despedir a su secretario. Me ofreció su puesto y lo acepté. Mi situación económica era muy crítica y recibí con alegría un trabajo bien remunerado y a mi medida, como si dijéramos.

—¿Y después?

—No hemos cesado de viajar. Mister Ratchett quería ver mundo, pero tropezaba con la dificultad de no conocer idiomas. Yo actuaba más como intérprete que como secretario. Era una vida muy agradable.

—Ahora continúe usted dándome detalles de su jefe.

El joven se encogió de hombros y apareció en su rostro una expresión de perplejidad.

—Poco más puedo decir.

—¿Cuál era su nombre completo?

—Samuel Edward Ratchett.

—¿Ciudadano norteamericano?

—Sí.

—¿De qué parte de Norteamérica?

—No lo sé.

—Bien, dígame lo que sepa.

—La verdad es, mister Poirot, que no sé nada. Mister Ratchett nunca me hablaba de sí mismo ni de su vida en América.

—¿A qué atribuyó usted esa reserva?

—No sé. Me imaginé que quizás estuviese avergonzado de sus comienzos. A mucha gente le sucede lo mismo.

—¿Acepta usted esa explicación como satisfactoria?

—Francamente, no.

—¿Tenía parientes?

—Nunca los mencionó.

Poirot insistió sobre aquel punto.

—Pero usted, mister MacQueen, se habrá formado ya *alguna* teoría, ¿no?

—En efecto... sí. En primer lugar, no creo que Ratchett fuese su verdadero nombre. Tengo la impresión de que abandonó definitivamente América para escapar de algo o de alguien. Y creo que lo logró... hasta hace pocas semanas.

—¿Por qué lo dice?

—Porque empezó a recibir cartas... cartas amenazadoras.

—¿Las vio usted?

—Sí. Era mi misión atender su correspondencia. La primera carta llegó hace unos quince días.

—¿Fueron destruidas esas cartas?

—No, tengo todavía un par de ellas en mis carpetas. Otra la rompió Ratchett en un momento de rabia. ¿Quiere que se las traiga?

—Si es usted tan amable...

MacQueen abandonó el compartimiento. Regresó a los pocos minutos y puso ante Poirot dos hojas de papel algo sucio y arrugado.

La primera carta decía lo siguiente:

«Creíste que podrías escapar después de traicionarnos, ¿verdad? No mientras vivas. Hemos salido en tu busca, Ratchett, ¡y te COGEREMOS!»

No tenía firma.

Sin hacer otro comentario que alzar ligeramente las cejas, Poirot cogió la segunda carta.

«Vamos a llevarte a dar el paseo. Ratchett. No tardaremos. Vamos a por ti, ¿entiendes?»

Poirot dejó ambas cartas.

—El estilo es monótono —comentó—. Mucho más que la escritura.

MacQueen se le quedó mirando.

—Usted no lo observaría —dijo Poirot amablemente—. Requiere el ojo de alguien acostumbrado a tales cosas. Esta carta no fue escrita por una sola persona, mister MacQueen. La escribieron dos o más... y cada una puso una letra cada vez. Además, son caracteres de imprenta.

Eso hace mucho más difícil la tarea de identificar la escritura.

Hizo una pausa y añadió:

—¿Sabía usted que mister Ratchett me había pedido ayuda ayer?

—*¿A usted?*

El tono de asombro de MacQueen descubrió a Poirot, sin lugar a dudas, que el joven no lo sabía.

—Sí. Estaba alarmado. Dígame, ¿cómo reaccionó cuando recibió la primera carta?

MacQueen titubeó.

—Es difícil decirlo. Se echó a reír con aquella risa tan suya. Pero me dio la impresión de que, debajo de aquella tranquilidad, se ocultaba un gran temor.

Poirot hizo una pregunta inesperada.

—Mister MacQueen, ¿quiere usted decirme, honradamente, qué es lo que sentía usted por su jefe? ¿Le apreciaba usted?

Hector MacQueen tardó unos breves momentos en contestar.

—No sé —dijo al fin—. No le apreciaba.

—¿Por qué?

—No lo puedo decir exactamente. Era siempre muy amable en su trato.

Hizo una pausa y añadió:

—Le diré a usted la verdad, mister Poirot. Me era francamente antipático. Estoy seguro de que era un hombre peligroso y cruel. Debo confesar, sin embargo, que no tengo razones en las que apoyar mi opinión.

—Muchas gracias, mister MacQueen. Una pregunta más... ¿Cuándo vio usted por última vez a mister Ratchett vivo?

—La pasada noche a eso de... —reflexionó unos instantes—... a eso de las diez. Entré en su compartimiento a pedirle unos datos.

—¿Sobre qué?

—Sobre azulejos y alfarería antigua que compró en Persia. Lo que le entregaron no era lo que había comprado. Por ese motivo hemos sostenido una enojosa correspondencia con los vendedores.

—¿Y fue ésa la última vez que alguien vio vivo a mister Ratchett?

—Supongo que sí.

—¿Sabe usted cuándo recibió mister Ratchett la última carta amenazadora?

—La mañana del mismo día que salimos de Constantinopla.

—Una pregunta más, mister MacQueen. ¿Estaba usted en buenas relaciones con su jefe?

—Ratchett y yo nos llevábamos perfectamente —contestó el joven sin titubear.

—¿Tiene usted la bondad de darme su nombre y dirección en Estados Unidos?

MacQueen dio su nombre —Hector Willard MacQueen— y una dirección de Nueva York.

Poirot se recostó contra el almohadillado del asiento.

—Nada más por ahora, mister MacQueen —dijo—. Le quedaría muy agradecido si se reservase la noticia de la muerte de mister Ratchett por algún tiempo.

—Su criado, Masterman, tendrá que saberlo.

—Probablemente lo sabe ya —repuso Poirot—. Si es así, trate de que mantenga la boca cerrada.

—No me será difícil. Es muy reservado, como buen inglés, y tiene una pobre opinión de los norteamericanos y ninguna en absoluto de los de cualquiera otra nacionalidad.

—Muchas gracias, mister MacQueen.

El norteamericano abandonó el compartimiento.

—¿Bien? —preguntó monsieur Bouc—. ¿Cree usted lo que le ha dicho ese joven?

—Parece sincero y honrado. No fingió el menor afecto por su patrón, como probablemente habría hecho de haber estado complicado en el asunto. Es cierto que mister Ratchett no le dijo que había tratado de contratar mis servicios y que fracasó, pero no creo que ésta sea realmente una circunstancia sospechosa. Me figuro que mister Ratchett era un caballero que se reservaba sus asuntos en toda posible ocasión.

—Así, pues, descarta usted una persona, por lo menos, como inocente del crimen —dijo monsieur Bouc jovialmente.

Poirot le lanzó una mirada de reproche.

—Yo sospecho de todo el mundo hasta el último minuto —contestó—. No obstante, debo confesarle que no concibo a este sereno y reflexivo MacQueen perdiendo la cabeza y apuñalando a su víctima doce o catorce veces. No está de acuerdo con su psicología.

—Es cierto —dijo pensativo monsieur Bouc—. Es el acto de un hombre casi enloquecido por un odio frenético. Sugiere más el temperamento latino. O, como dijo nuestro *chef de train*, la mano de una mujer.

CAPÍTULO VII

EL CADÁVER

Seguido por el doctor Constantine, Poirot se dirigió al coche inmediato y al compartimiento ocupado por el hombre que había sido asesinado. El encargado del coche cama le abrió la puerta con su llave maestra.

Penetraron los dos hombres. Poirot miró interrogadoramente a su compañero.

Lo primero que le llamó la atención fue el frío intensísimo que reinaba en el reducido habitáculo. El cristal de la ventanilla estaba bajado y levantada la cortina.

—¡Brrr! —se estremeció Poirot.

El otro sonrió comprensivamente.

—No quise cerrarla —dijo.

Poirot examinó cuidadosamente la ventanilla.

—Tenía usted razón —dijo—. Nadie abandonó el coche por aquí. Posiblemente, la ventanilla abierta estaba destinada a sugerir tal hecho, pero si es así, la nieve ha burlado el propósito del asesino.

Examinó cuidadosamente el marco de la ventana y, sacando una cajita de bolsillo, la abrió y sopló un poco de polvo encima.

—No hay huellas dactilares —dictaminó—. Pero aunque las hubiese, nos dirían muy poco. Serían de mister

Ratchett o de su criado o del encargado. Los criminales no cometen torpezas de esta clase en estos tiempos. Podemos, pues, cerrar la ventana. Hace aquí un frío inaguantable.

Acompañó la acción a la palabra y luego desvió su atención por primera vez a la inmóvil figura tendida en la litera.

Ratchett yacía boca arriba. La chaqueta de su pijama salpicada de manchas negruzcas, había sido desabotonada y echada hacia atrás.

—Comprenderá usted que lo tuve que hacer para ver la naturaleza de las heridas —explicó el doctor.

Poirot asintió. Se inclinó sobre el cadáver. Finalmente, se incorporó con un ligero gesto de disgusto.

—No es nada agradable —dijo—. El asesino se ensañó de un modo repugnante. ¿Cuántas heridas contó usted?

—Doce. Una o dos pueden calificarse de rasguños nada más. Y tres de ellas son mortales de necesidad.

Algo en la manera de hablar del doctor llamó la atención de Poirot. Le miró fijamente. El pequeño griego contemplaba perplejo el cadáver.

—¿Ve algo raro, doctor? Dígamelo, por favor —le pidió Poirot amablemente

—En realidad, sí —contestó el otro.

—¿De qué se trata?

—Observe estas dos heridas... ésta y ésta —dijo el doctor, señalándolas—. Son profundas. Cada corte tuvo que interesar varios vasos sanguíneos, y sin embargo, los bordes no se abren. No han sangrado como cabía esperar.

—¿Y eso indica...?

—Que el hombre estaba ya muerto... llevaba algún tiempo muerto cuando se las causaron. Pero esto, seguramente, resulta absurdo.

—Así parece —dijo Poirot pensativo—. A menos que nuestro asesino se figurase que no había ejecutado debidamente su tarea y volviese para terminarla. ¡Pero es manifiestamente absurdo! ¿Algo más?

—Solamente una cosa.

—¿Qué?

—Observe ahora esta herida... bajo el brazo derecho... cerca del hombro. Tome usted este lápiz. ¿Podría usted descargar este golpe?

Poirot imitó el movimiento con la mano.

—Ya veo —repuso—. Con la mano derecha es excesivamente difícil... casi imposible. Tendría uno que descargar el golpe del revés, como si dijéramos. En cambio, empleando la mano izquierda...

—Exactamente, monsieur Poirot. Es casi seguro que ese golpe fue descargado con la mano izquierda.

—¿De manera que nuestro asesino es zurdo? Sería demasiado sencillo, ¿no le parece, doctor?

—Como usted diga, monsieur Poirot. Algunas de esas heridas han sido causadas, con toda evidencia, por una mano diestra.

—Dos personas. Volvemos a la hipótesis de las dos personas —murmuró el detective—. ¿Estaba encendida la luz eléctrica? —preguntó bruscamente.

—Es difícil saberlo. El encargado la apaga todas las mañanas a eso de las diez.

—Los conmutadores nos lo aclararán —dijo Poirot. Examinó la llave de la luz del techo y la perilla de la cabecera. La primera estaba abierta; la segunda, cerrada—. *Eh bien!* —exclamó, pensativo—. Tenemos aquí una hipótesis del primero y segundo asesinos, como diría el gran Shakespeare. El primer asesino apuñaló a su víctima y abandonó el compartimiento, apagando la luz; el segundo entró a oscuras, no vio que lo que se proponía ejecutar ya estaba hecho y apuñaló, por lo menos dos veces, el cuerpo del muerto. *Que pensez-vous de ça?*

—¡Magnífico! —dijo el doctor con entusiasmo.

Los ojos del detective parpadearon.

—¿Lo cree usted así? Lo celebro. A mí me sonaba un poco a tontería.

—¿Qué otra explicación puede haber?

—Eso es precisamente lo que me pregunto. ¿Tenemos aquí una coincidencia o no? ¿Hay algunas otras inconsistencias que sugieran la intervención de dos personas?

—Creo que sí. Algunas de estas heridas, como ya he dicho, indican debilidad... falta de fuerza o decisión. Pero hay otras, como ésta... y ésta... —señaló de nuevo—... que indican fuerza y energía. Han penetrado hasta el hueso.

—¿Fueron hechas, en opinión suya, por un hombre?

—Casi seguro.

—¿No pudieron ser hechas por una mujer?

—Una mujer joven y atlética podría haberlas hecho, especialmente si se sentía presa de una gran emoción; pero eso es, en mi opinión, altamente improbable.

Poirot guardó silencio un momento.

—¿Comprende usted mi punto de vista? —preguntó el doctor con ansiedad.

—Perfectamente —contestó Poirot—. ¡El asunto empieza a aclararse algo! El asesino fue un hombre de gran fuerza; también pudo ser débil, pudo ser igualmente una mujer, o una persona zurda, o una ambidextra... o una... ¡Ah! *C'est rigolo tout ça?*

Poirot hablaba con repentina nerviosidad.

—¿Y la víctima? ¿Qué papel desempeña en todo esto? ¿Qué hizo? ¿Gritó? ¿Luchó? ¿Se defendió?

Poirot introdujo la mano bajo la almohada y sacó la pistola automática que Ratchett le había enseñado el día anterior.

—Completamente cargada, como usted ve —observó.

Siguieron registrando. El traje de día de Ratchett colgaba de los ganchos de una pared. En la pequeña mesa formada por la taza del lavabo había varios objetos: una dentadura postiza en un vaso de agua; otro vaso vacío; una botella de agua mineral; un frasco grande y un cenicero conteniendo la punta de un cigarro: unos fragmentos de papel quemado; dos fósforos usados...

El doctor cogió el vaso vacío y lo olfateó.

—Aquí está la explicación de la inactividad de la víctima —dijo.

—¿Narcotizado?

—Sí.

Poirot recogió los dos fósforos y los examinó cuidadosamente.

—Estos dos fósforos —dijo— son de diferente forma. Uno es más aplastado que el otro. ¿Comprende?

—Son de la clase que venden en el tren —contestó el doctor.

Poirot palpó los bolsillos del traje de Ratchett y sacó de uno de ellos una caja de fósforos, que comparó cuidadosamente con los otros.

—El más redondo fue encendido por mister Ratchett —observó—. Veamos si tiene también de la otra clase.

Pero un nuevo registro de las ropas no reveló la existencia de más fósforos.

Los ojos de Poirot asaltaban sin cesar el reducido compartimiento. Tenían el brillo y la vivacidad de los ojos de las aves. Daban la sensación de que nada podía escapar a su examen.

De pronto, se inclinó y recogió algo del suelo. Era un pequeño retazo de batista muy fina. En una esquina tenía bordada la inicial H.

—Un pañuelo de mujer —dijo el doctor—. Nuestro amigo el *chef de train* tenía razón. Hay una mujer complicada en este asunto.

—¡Y para que no haya duda, se deja el pañuelo! —replicó Poirot—. Exactamente como ocurre en los libros y en las películas. Además, para facilitarnos la tarea, está marcado con una inicial.

—¡Qué suerte hemos tenido! —exclamó el doctor.

—¿Verdad que sí? —dijo Poirot con ironía.

Su tono sorprendió al doctor, pero antes de que pudiera pedir alguna explicación, Poirot volvió a agacharse para recoger otra cosa del suelo.

Esta vez mostró en la palma de la mano... un limpiapipas.

—¿Será, quizá, propiedad de mister Ratchett? —sugirió el doctor.

—No encontré pipa alguna en su bolsillo, ni siquiera rastros de tabaco.

—Entonces es un indicio.

—¡Oh, decididamente! ¡Y con qué oportunidad lo dejó caer el criminal! ¡Observe usted que ahora el rastro es masculino! No podemos quejarnos de no tener pistas en este caso. Las hay en abundancia y de todas clases. A propósito, ¿qué ha hecho usted del arma?

—No encontré arma alguna. Debió llevársela el asesino.

—Me gustaría saber por qué —murmuró Poirot.

El doctor, que había estado explorando delicadamente los bolsillos del pijama del muerto, lanzó una exclamación:

—Se me pasó inadvertido —dijo—. Y eso que desaboto-né la chaqueta y se la eché hacia atrás.

Sacó del bolsillo del pecho un reloj de oro. La caja estaba horrorosamente abollada y las manecillas señalaban la una y cuarto.

—¡Mire usted! —dijo Constantine—. Esto nos indica la hora del crimen. Está de acuerdo con mis cálculos. Entre la medianoche y las dos de la madrugada; es lo que dije, y probablemente hacia la una, aunque es difícil concretar en estos casos. *Eh bien*, aquí está la confirmación. La una y cuarto. Ésta fue la hora del crimen.

—Es posible, sí. Es ciertamente posible —murmuró monsieur Poirot.

El doctor le miró con curiosidad.

—Usted me perdonará, monsieur Poirot, pero no acabo de comprenderle.

—Yo mismo no me comprendo —repuso Poirot—. No comprendo nada en absoluto, y, como usted ve, me intriga en extremo.

Suspiró y se inclinó sobre la mesita para examinar el fragmento de papel carbonizado.

—Lo que yo necesitaría en este momento —murmuró como para sí— es una sombrerera de señora, y cuanto más antigua mejor.

El doctor Constantine quedó perplejo ante aquella singular observación. Pero Poirot no le dio tiempo para nuevas preguntas y, abriendo la puerta del pasillo, llamó al encargado. El hombre se apresuró a acudir.

—¿Cuántas mujeres hay en este vagón? —le preguntó Poirot.

El encargado se puso a contar con los dedos.

—Una, dos, tres... seis, señor. La anciana norteamericana, la dama sueca, la joven inglesa, la condesa Andrenyi y *madame la princesse* Dragomiroff y su doncella.

Poirot reflexionó unos instantes.

—¿Tienen todas sus sombrereras?

—Sí, señor.

—Entonces tráigame... espere... sí, la de la dama sueca y la de la doncella. Les dirá usted que se trata de un trámite de aduana... lo primero que se le ocurra.

—Nada más fácil, señor. Ninguna de las dos señoras está en su compartimiento en este instante.

—Dése prisa, entonces.

El encargado se alejó y volvió al poco rato con las dos sombrereras. Poirot abrió la de la dama sueca y lanzó un suspiro de satisfacción. Y tras retirar cuidadosamente los sombreros, descubrió una especie de armazón redondo hecho con tejido de alambre.

—Aquí tenemos lo que necesitamos. Hace unos quince años, las sombrereras eran todas como ésa. El sombrero se sujetaba por medio de unos alambres en esta armazón de tela metálica.

Mientras hablaba fue desprendiendo hábilmente dos de los trozos de tela metálica.

Luego volvió a cerrar la sombrerera y dijo al encargado que las devolviese a sus respectivas dueñas.

Cuando la puerta se cerró una vez más, volvió a dirigirse a su compañero.

—Vea usted, mi querido doctor, yo no confío mucho en el procedimiento de los expertos. Es la psicología lo que me interesa, no las huellas digitales, ni las cenizas de los cigarrillos. Pero en este caso será muy bien recibida por mí una pequeña ayuda científica. Este compartimiento está lleno de rastros, ¿pero podemos estar seguros de que son realmente lo que aparentan?

—No le comprendo a usted, monsieur Poirot.

—Bien. Voy a ponerle un ejemplo. Hemos encontrado un pañuelo de mujer. ¿Lo dejó caer una mujer? ¿O acaso fue un hombre quien cometió el crimen y se dijo para su capote: «Voy a hacer aparecer esto cómo si fuese un número innecesario de golpes, flojos muchos de ellos, y dejaré caer este pañuelo donde no tengan más remedio que encontrarlo.» Ésta es una posibilidad. Luego hay otra. ¿Lo mató una mujer y dejó caer deliberadamente un limpiapipas para hacerlo aparecer como obra de un hombre? De otro modo, tendremos que suponer seriamente que dos personas, un hombre y una mujer, intervinieron aisladamente; que las dos personas fueron tan descuidadas que dejaron un rastro para probar su identidad. ¡Es una coincidencia demasiado extraña!

—Pero, ¿qué tiene que ver la sombrerera con todo eso? —preguntó el doctor, todavía intrigado.

—¡Ah! De eso trataremos ahora. Como iba diciendo, esos rastros, el reloj parado a la una y cuarto, el limpiapipas, el pañuelo, pueden ser verdaderos o pueden ser falsos. No puedo decirlo todavía. Pero hay aquí una *evidencia* que, aunque quizá me equivoque, creo que *no* fue falsificada. Me refiero al fósforo plano, doctor. *Creo que ese fósforo fue utilizado por el asesino y no por mister Ratchett*. Se utilizó para quemar un documento comprometedor. Posiblemente una nota. Si es así, había algo en aquella nota, alguna equivocación, algún error, que dejaba una posible pista hacia el verdadero asesino. Voy a intentar resucitar lo que era ese algo.

Abandonó el compartimiento y regresó unos momentos después con un pequeño hornillo de alcohol y un par de tenacillas.

—Las utilizo para el bigote —dijo, refiriéndose a las últimas.

El doctor le observaba con gran interés. Aplanó los dos trozos de tela metálica y colocó cuidadosamente el fragmento de papel carbonizado sobre uno de ellos. Luego cubrió el conjunto con el otro trozo y, sujetándolo todo con las tenacillas, lo expuso a la llama del hornillo.

—Se trata de un procedimiento muy antiguo —dijo por encima de su hombro—. Veremos lo que resulta.

El doctor observaba atentamente sus manipulaciones.

El metal empezó a ponerse incandescente. De pronto, vio débiles indicios de letras. Las palabras fueron formándose lentamente... palabras de fuego.

Era un trozo de papel muy pequeño. Sólo cabían en él cinco palabras y parte de otra:

«... *cuerda a la pequeña Daisy Armstrong.*»

—¡Ah! —exclamó Poirot.

—¿Le dice a usted algo? —preguntó el doctor con curiosidad.

A Poirot le brillaban los ojos. Dejó cuidadosamente las tenacillas sobre la mesa.

—Sí —dijo—. Sé el verdadero nombre del muerto. También sé por qué tuvo que abandonar América.

—¿Cómo se llamaba?

—Casetti.

—Casetti. —Constantine frunció el entrecejo—. Me recuerda algo. Hace años. No puedo concretar... Fue un caso en Estados Unidos, ¿no es cierto?

Poirot no quiso dar más detalles sobre el asunto. Miró a su alrededor y prosiguió:

—Luego hablaremos de eso. Asegurémonos primero de que hemos visto todo lo que hay aquí.

Rápida y diestramente registró una vez más los bolsillos de las ropas del muerto, pero no encontró nada más de interés. Luego empujó la puerta que comunicaba con el compartimiento inmediato, pero estaba cerrada por el otro lado.

—Hay una cosa que no comprendo —dijo el doctor Constantine—. Si el asesino no escapó por la ventana, si esta puerta de comunicación estaba cerrada por el otro lado y si la puerta que da al pasillo no sólo estaba cerrada, sino que tenía el pestillo echado, ¿cómo abandonó el criminal el compartimiento?

—Eso es lo que se preguntan los espectadores cuando meten a una persona atada de pies y manos en un armario... y desaparece.

—No comprendo...

—Quiero decir —explicó Poirot— que si el asesino se propuso hacernos creer que había escapado por la ventana, tenía naturalmente que hacer aparecer que las otras dos salidas eran imposibles. Como ve, es un truco... como el de la persona que desaparece en un armario. Nuestra misión es, pues, descubrir cómo se llevó a cabo ese truco.

Poirot cerró la puerta de comunicación por el lado del compartimiento en que se encontraban.

—Por si a la excelente mistress Hubbard —dijo— se le antoja meter la cabeza para inquirir detalles.

Miró a su alrededor una vez más.

—Me parece que aquí ya no hay nada más que hacer. Vayamos a reunirnos con monsieur Bouc.

CAPÍTULO VIII

EL CASO ARMSTRONG

Encontramos a monsieur Bouc terminando una tortilla.

—Pensé que era mejor hacer servir inmediatamente el almuerzo en el vagón restaurante —dijo—. De este modo quedará libre de gente y monsieur Poirot podrá seguir allí sus interrogatorios. Entretanto, he ordenado que nos traigan algo de comer para los tres.

—Excelente —contestó Poirot.

Ninguno de los tres hombres tenía apetito y la comida terminó pronto, pero hasta que no empezaron a tomar el café no mencionó monsieur Bouc el asunto que ocupaba sus imaginaciones.

—*Eh bien?* —preguntó.

—*Eh bien*. He descubierto la identidad de la víctima y los motivos que le obligaron a salir de América.

—¿Quién era?

—¿Recuerda usted haber leído algo de la pequeña Armstrong? Éste es Cassetti, el individuo que asesinó a la pequeña Daisy Armstrong.

—Ahora caigo. Un asunto sensacional... aunque no puedo recordar los detalles.

—El coronel Armstrong era mitad inglés y mitad norteamericano, pues su madre era hija de Van der Halt, el millonario de Wall Street. El coronel se casó con la hija de Linda Arden, la más famosa actriz americana de aquella época. Vivían en Estados Unidos y tenían una hija, una chiquilla a quien idolatraban. La chiquilla fue secuestrada cuando tenía tres años y pidieron una suma exorbitante como precio del rescate. No le cansaré a usted con todas las incidencias que siguieron. Me referiré al momento en que, tras haber pagado la enorme suma de doscientos mil dólares, fue descubierto el cadáver de la niña que llevaba muerta por lo menos quince días. La indignación pública adquirió caracteres apocalípticos. Pero lo peor fue lo que sucedió después. Mistress Armstrong esperaba otro hijo y, a consecuencia de la emoción, dio a luz prematuramente una criatura muerta, y ella también murió. Desesperado, su marido se pegó un tiro.

—*Mon Dieu*, ¡qué tragedia! —exclamó monsieur Bouc—. Ahora recuerdo que hubo también otra muerte, ¿no es cierto?

—Sí... una desgraciada niñera suiza o francesa. La policía estaba convencida de que aquella mujer sabía algo del crimen. Se resistieron a creer sus histéricas negativas. Finalmente, en un ataque de desesperación, la pobre muchacha se arrojó por la ventana y se mató. Después se descubrió que era absolutamente inocente de toda complicidad en el crimen.

—Jamás oí cosa tan horrible —comentó monsieur Bouc.

—Unos seis meses después, fue detenido ese tal Cassetti, jefe de la banda que había secuestrado a la chiquilla. Habían utilizado los mismos métodos en otros casos.

»Mataban a sus prisioneros, ocultaban los cadáveres y procuraban entonces obtener todo el dinero posible antes de que se descubriese el delito.

»Y, ahora, fíjese en lo que voy a decirle, amigo mío.

¡Cassetti era el hombre! Pero gracias a la enorme riqueza que había conseguido reunir y a las relaciones que le ligaban con diversas personalidades, fue absuelto por falta de pruebas. No obstante, le habría linchado el populacho de no haber tenido la habilidad de escapar. Ahora veo claramente lo sucedido. Cambió de nombre y abandonó América. Desde entonces, ha sido un rico *gentleman* que viajaba por el extranjero y vivía de sus rentas.

—¡Ah! *Quel animal!* —exclamó monsieur Bouc—. ¡No lamento lo más mínimo que haya muerto!

—Estoy de acuerdo con usted.

—Pero no era necesario haberlo matado en el Orient Express. Hay otros lugares...

Poirot sonrió ligeramente. Se daba cuenta de que monsieur Bouc era parte interesada en el asunto.

—La pregunta que debemos hacernos ahora es ésta —dijo—. ¿Es este asesinato obra de alguna banda rival a la que Cassetti había traicionado en el pasado, o un acto de venganza privada?

Explicó el descubrimiento de las palabras en el fragmento del papel carbonizado.

—Si mi suposición es cierta, la carta fue quemada por el asesino. ¿Por qué? Porque mencionaba la palabra Armstrong, que es la clave del misterio.

—¿Vive todavía algún miembro de la familia Armstrong?

—No lo sé, desgraciadamente. Creo recordar haber leído algo referente a una hermana más joven de mistress Armstrong.

Poirot siguió relatando las conclusiones a que habían llegado él y el doctor Constantine. Monsieur Bouc se entusiasmó al oír mencionar lo del reloj abollado.

—Eso es darnos la hora exacta del crimen.

—Sí, han tenido esa amabilidad —dijo Poirot.

Hubo en el tono de su voz algo que hizo a los otros mirarle con curiosidad.

—¿Dice usted que oyó a Ratchett hablar con el encargado del coche cama a la una menos veinte?

Poirot contó lo ocurrido.

—Bien —dijo monsieur Bouc—, eso prueba al menos que Cassetti... o Ratchett, como continuaré llamándole, estaba vivo a la una menos veinte.

—A la una menos veintitrés minutos, para concretar más —corrigió el doctor.

—Digamos entonces que a las doce y treinta y siete mister Ratchett estaba vivo. Es un hecho, al menos.

Poirot no contestó y quedó pensativo con la mirada fija en el espacio.

Sonó un golpe en la puerta y entró un empleado del restaurante.

—El vagón restaurante está ya libre, señor —anunció.

—Vamos allá —dijo monsieur Bouc, levantándose.

—¿Puedo acompañarles? —preguntó Constantine.

—Ciertamente, mi querido doctor. A menos que monsieur Poirot tenga algún inconveniente.

—Ninguno, ninguno —dijo Poirot.

Y tras alguna cortés discusión sobre quién había de salir primero: «*Après, vous, monsieur*» o «*Mais non, après vous*», abandonaron el compartimiento.

SEGUNDA PARTE

LAS DECLARACIONES

Capítulo primero

DECLARACIÓN DEL ENCARGADO DEL COCHE CAMA

En el vagón restaurante estaba todo preparado. Poirot y monsieur Bouc se sentaron juntos a un lado de la mesa. El doctor se acomodó al otro extremo del pasillo.

Sobre la mesa de Poirot había un plano del coche Estambul-Calais, con los nombres de los viajeros escritos en tinta roja.

Los pasaportes y billetes formaban un montón a un lado. Había también papel de escribir, tinta y lápices.

—Excelente —dijo Poirot—. Podemos abrir nuestro tribunal de encuesta sin más ceremonias. En primer lugar, tomaremos declaración al encargado del coche cama. Usted, probablemente, sabrá algo de este hombre. ¿Qué carácter tiene? ¿Puede fiarse uno de su palabra?

—Sin duda alguna —declaró monsieur Bouc—. Pierre Michel lleva empleado en la compañía más de quince años. Es francés... Vive cerca de Calais. Perfectamente respetuoso y honrado. Quizá no descuelle por su talento.

—Muy bien. Veámoslo, pues —dijo Poirot.

Pierre Michel había recuperado parte de su aplomo, pero estaba todavía extremadamente nervioso.

VAGÓN RESTAURANTE

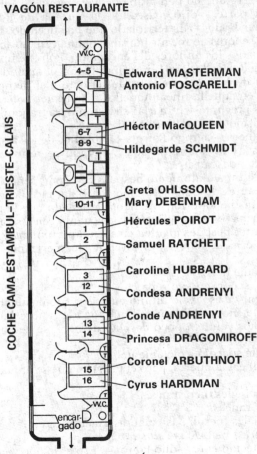

COCHE CAMA ESTAMBUL-TRIESTE-CALAIS

w.c.

4-5 — Edward MASTERMAN
Antonio FOSCARELLI

6-7 — Héctor MacQUEEN
8-9 — Hildegarde SCHMIDT

10-11 — Greta OHLSSON
Mary DEBENHAM

1 — Hércules POIROT
2 — Samuel RATCHETT

3 — Caroline HUBBARD
12 — Condesa ANDRENYI

13 — Conde ANDRENYI
14 — Princesa DRAGOMIROFF

15 — Coronel ARBUTHNOT
16 — Cyrus HARDMAN

w.c.

encargado

COCHE CAMA ATENAS–PARÍS

—Espero que no pensarán que haya habido negligencia por mi parte —dijo, paseando la mirada de Poirot a monsieur Bouc—. Es terrible lo que ha sucedido. Espero que los señores no me atribuirán ninguna responsabilidad.

Calmados los temores del encargado, Poirot empezó su interrogatorio. Indagó, en primer lugar, el apellido y dirección de Michel, sus años de servicio y el tiempo que llevaba en aquella línea. Aquellos detalles los conocía ya, pero las preguntas rutinarias sirvieron para tranquilizar el nerviosismo de aquel individuo.

—Y ahora —agregó Poirot—, hablemos de los acontecimientos de la noche pasada. ¿Cuándo se retiró mister Ratchett a descansar?

—Casi inmediatamente después de cenar, señor. Realmente, antes de que saliésemos de Belgrado. Lo mismo hizo la noche anterior. Me había ordenado que le preparase la cama mientras cenaba y, en cuanto cenó, se acostó.

—¿Entró después alguien en su compartimiento?

—Su criado, señor, y el joven norteamericano, su secretario.

—¿Nadie más?

—No, señor, que yo sepa.

—Bien. ¿Y eso es lo último que vio o supo usted de él?

—No, señor. Olvida usted que tocó el timbre hacia la una menos veinte... poco después de haberse detenido el tren.

—¿Qué sucedió exactamente?

—Llamé a la puerta, pero él me gritó que se había equivocado.

—¿En inglés o en francés?

—En francés.

—¿Cuáles fueron sus palabras exactamente?

—*Ce n'est rien. Je me suis trompé.*

—Perfectamente —dijo Poirot—. Eso es lo que yo oí. ¿Y después se alejó usted?

—Sí, señor.

—¿Volvió usted a su asiento?

—No, señor. Fui primero a contestar a otra llamada.

—Ahora, Michel, preste mucha atención y respóndame. ¿Dónde estaba usted a la una y cuarto?

—¿Yo, señor? Estaba sentado en mi asiento, frente al pasillo.

—¿Está usted seguro?

—*Mais oui*... sólo que...

—¿Sí?

—Entré en el vagón inmediato, en el de Atenas, a charlar con mi compañero. Hablamos de la nieve. Eso fue poco después de la una. No lo puedo decir exactamente.

—¿Y cuándo regresó usted?

—Sonó uno de mis timbres, señor. Era la dama norteamericana. Ya había llamado varias veces. Se lo dije, ¿recuerda?

—Lo recuerdo —dijo Poirot—. ¿Y después?

—¿Después, señor? Acudí a la llamada de usted y le llevé agua mineral. Media hora más tarde hice la cama de uno de los otros compartimientos... el del joven norteamericano, secretario de mister Ratchett.

—¿Estaba mister MacQueen solo en su compartimiento cuando usted entró a hacer la cama?

—Estaba con él el coronel inglés del número quince. Estaban sentados y hablando.

—¿Qué hizo el coronel cuando se separó de mister MacQueen?

—Volvió a su compartimiento.

—El número quince está muy cerca de su asiento, ¿no es cierto?

—Sí, señor. Es el segundo compartimiento a partir de aquel extremo del pasillo.

—¿Estaba ya hecha su cama?

—Sí, señor. La hice mientras él estaba cenando.

—¿A qué hora ocurría?

—No lo recuerdo exactamente, señor, pero no pasarían de las dos.

—¿Qué ocurrió después?

—Después me senté en mi asiento hasta la mañana.

—¿No volvió usted al vagón de Atenas?

—No, señor.

—¿Quizá se durmió usted?

—No lo creo, señor. La inmovilidad del tren me impidió dormitar un poco, como tengo por costumbre.

—¿Vio usted a algún viajero por el pasillo?

El encargado reflexionó.

—Me parece que una de las señoras fue al aseo.

—¿Qué señora?

—No lo sé, señor. Era al otro extremo del pasillo y estaba vuelta de espaldas. Llevaba un quimono de color escarlata con dibujos de dragones.

Poirot hizo un gesto de asentimiento.

—Y después, ¿qué?

—Nada, señor, hasta esta mañana.

—¿Está usted seguro?

—¡Oh, perdón! Ahora recuerdo que usted abrió su puerta y se asomó un momento.

—Está bien, amigo mío —dijo Poirot—. Me extrañaba que no recordara usted ese detalle. Por cierto que me despertó un ruido como de algo que hubiese golpeado contra mi puerta. ¿Tiene usted formada alguna idea de lo que pudo ser?

El hombre se le quedó mirando perplejo.

—No fue nada, señor. Nada. Estoy seguro.

—Entonces debió ser un *cauchemar*... una pesadilla —dijo Poirot filosóficamente.

—A menos —intervino monsieur Bouc— que lo que usted oyera fuese algo producido en el compartimiento inmediato.

Poirot pasó por alto aquel comentario. Quizá no deseaba comentarlo delante del encargado del coche cama.

—Pasemos a otro punto —dijo—. Supongamos que anoche subió al tren un asesino. ¿Es completamente seguro que no pudo abandonarlo después de cometer el crimen?

Pierre Michel negó con la cabeza.

—¿Ni que pudiera esconderse en alguna parte?

—Todo ha sido registrado —dijo monsieur Bouc—. Abandone esa idea, amigo mío.

—Además —añadió Michel—, nadie pudo entrar en el coche cama sin que yo lo viese.

—¿Cuándo fue la última parada?

—En Vincovci,

—¿A qué hora?

—Teníamos que haber salido de allí a las once y cincuenta y ocho, pero debido al temporal lo hicimos con veinte minutos de retraso.

—¿Pudo venir alguien de los dos vagones ordinarios?

—No, señor. Después de la cena se cierra la puerta que comunica los vagones ordinarios con el coche cama.

—¿Bajó usted del tren en Vincovci?

—Sí, señor. Bajé al andén como de costumbre, y estuve al pie del estribo. Los encargados de los otros coches hicieron lo mismo.

—¿Y la puerta delantera, la que está junto al vagón restaurante?

—Siempre está cerrada por dentro.

—Ahora no lo está.

El hombre puso cara de sorpresa, luego se serenó.

—Indudablemente, la habrá abierto algún viajero para asomarse a ver la nieve —sugirió.

—Probablemente —dijo Poirot.

Tamborileó pensativo sobre la mesa durante unos breves minutos.

—¿El señor no me censura? —preguntó tímidamente el encargado.

Poirot le sonrió bondadosamente.

—Ha tenido usted mala suerte, amigo mío —le dijo—. ¡Ah! Otro punto que recuerdo ahora. Dijo usted que sonó otro timbre cuando estaba usted llamando a la puerta de mister Ratchett. En efecto, yo también lo oí. ¿De quién era?

—De madame la princesa Dragomiroff. Deseaba que llamase a su doncella.

—¿Y lo hizo usted así?

—Sí, señor.

Poirot estudió pensativo el plano que tenía delante.

Luego inclinó la cabeza.

—Nada más por ahora —dijo.

—Gracias, señor.

El hombre se puso en pie y miró a monsieur Bouc.

—No se preocupe usted —dijo éste afectuosamente—. No veo que haya habido negligencia por su parte.

Dándole las gracias, Pierre Michel abandonó el compartimiento algo más tranquilo.

Capítulo II

DECLARACIÓN DEL SECRETARIO

Durante unos minutos Poirot permaneció sumido en sus reflexiones.

—Creo —dijo al fin— que será conveniente, en vista de lo que sabemos, volver a cambiar unas palabras con mister MacQueen.

El joven norteamericano no tardó en aparecer.

—Bien —dijo—, ¿cómo va todo?

—No muy mal. Desde su última conversación me he enterado de algo... de la identidad de mister Ratchett.

Hector MacQueen se inclinó con un gesto de profundo interés.

—¿Sí? —dijo.

—Ratchett, como usted suponía, era meramente un alias. Ratchett era Cassetti, el hombre que realizó la célebre racha de secuestros, incluyendo el famoso de la pequeña Daisy Armstrong.

Una expresión de supremo asombro apareció en el rostro de MacQueen; luego se serenó.

—¡El maldito canalla! —exclamó.

—¿No tenía usted idea de su identidad, mister MacQueen?

—No, señor —dijo rotundamente el joven norteamericano—. Si lo hubiese sabido, me habría cortado la mano derecha antes de servirle como secretario.

—Parece usted muy indignado, mister MacQueen.

—Tengo una razón particular para ello. Mi padre era el fiscal del distrito que intervino en el caso. Vi a la señora Armstrong más de una vez... era una mujer encantadora. ¡Qué desgraciada fue! Si algún hombre merecía lo que le ha ocurrido, éste era Ratchett o Cassetti. ¡No merecía vivir!

—Habla usted como si hubiera querido matarlo personalmente.

—En realidad yo... —Hizo una pausa, enrojeció y dijo—: Parece como si yo mismo me estuviera inculpando.

—Me sentiría más inclinado a sospechar de usted —replicó Poirot— si demostrase un extraordinario pesar por la muerte de su jefe.

—Creo que no podría hacerlo, ni siquiera para salvarme de la silla eléctrica —exclamó MacQueen con acento sombrío. Luego añadió—: Aunque sea pecar de curioso, ¿cómo logró usted descubrirlo? Me refiero a la identidad de Cassetti.

—Por un fragmento de una carta encontrada en su compartimiento.

—¿No le parece que fue algo descuidado el viejo?

—Eso depende del punto de vista.

El joven pareció encontrar esta respuesta algo desconcertante y miró a Poirot como si tratase de averiguar lo que había querido decir.

—Mi misión —aclaró Poirot— es cerciorarme de los movimientos de todos los que se encuentran en el tren. Nadie debe ofenderse por ello. Es sólo cuestión de trámite.

—Comprendo. En lo que a mí respecta, puede usted seguir adelante.

—No necesito preguntarle el número de su compartimiento —dijo Poirot, sonriendo—, porque lo compartí con usted por una noche. Tiene usted las literas de segunda clase números seis y siete, y, al marcharme yo, se las reservó para usted solo. ¿Es cierto?

—Sí.

—Ahora, mister MacQueen, tenga la bondad de describirme sus movimientos durante la última noche, desde la hora en que salió del vagón restaurante.

—Es muy sencillo. Volví a mi compartimiento, leí un poco, en Belgrado bajé al andén, decidí que hacía mucho frío y volví a subir al vagón. Charlé un rato con una joven inglesa que ocupaba el compartimiento inmediato al mío. Luego entablé conversación con aquel inglés, el coronel Arbuthnot, con quien usted me vio, pues pasó usted por delante de nosotros mientras hablábamos. Después entré en el compartimiento de mister Ratchett y, como le dije a usted, tomé algunas notas para las cartas que quería que escribiese. Le di las buenas noches y lo dejé. El coronel Arbuthnot estaba todavía en el pasillo. Su compartimiento estaba ya preparado para pasar la noche y le sugerí que entrásemos en el mío. Pedí un par de copas y nos las bebimos. Discutimos de política mundial, del gobierno de la India y de la crisis de Wall Street. Yo, generalmente, no intimo con los ingleses... son muy estirados... Pero éste me resulta bastante simpático.

—¿Recuerda la hora que era cuando le dejó a usted?

—Muy tarde. Acaso las dos.

—¿Se dio usted cuenta de que el tren estaba detenido?

—¡Oh, sí! Nos extrañó. Nos asomamos y vimos que iba acumulándose poco a poco la nieve, pero no creíamos que fuera cosa grave.

—¿Qué sucedió cuando el coronel Arbuthnot se despidió al fin?

—Él se marchó a su compartimiento y yo llamé al encargado para que me hiciese la cama.

—¿Dónde estuvo mientras se la hacía?

—En el pasillo, junto a la puerta, fumando un cigarro.

—¿Y después?

—Después me acosté y me dormí hasta la mañana.

—Durante la noche, ¿no abandonó usted el tren ninguna vez?

—Arbuthnot y yo bajamos en... ¿cómo se llamaba aquella estación? En Vincovci, para estirar las piernas un poco. Pero hacía un frío espantoso y volvimos en seguida.

—¿Por qué puerta abandonaron ustedes el tren?

—Por la más próxima a nuestro compartimiento.

—¿La que está junto al vagón restaurante?

—Sí.

—¿Recuerda si estaba cerrada?

MacQueen reflexionó.

—Me parece que sí. Al menos había una especie de barra que atravesaba el tirador. ¿Se refiere usted a eso?

—Sí. Al regresar al tren, ¿volvieron ustedes a poner la barra en su sitio?

—No... me parece que no. Por lo menos, no lo recuerdo. —MacQueen hizo una pausa y preguntó de pronto—: ¿Es un detalle importante?

—Quizás. Aclaremos otra cosa. Supongo que, mientras usted y el coronel hablaban, estaría abierta la puerta de su compartimiento que da al pasillo.

MacQueen hizo un gesto afirmativo.

—Dígame, si lo recuerda, si alguien pasó por delante *después* de abandonar el tren Vincovci hasta el momento en que se separaron ustedes definitivamente para acostarse.

MacQueen juntó las cejas.

—Creo que pasó una vez el encargado —dijo—. Venía de la parte del vagón restaurante. Una mujer cruzó también en dirección opuesta.

—¿Qué mujer?

—No lo sé. Realmente no me fijé. Estaba discutiendo en aquel momento con Arbuthnot. Solamente recuerdo como un destello de una bata escarlata que pasaba por delante de la puerta. No miré; de todos modos no habría visto su rostro. Ya sabe usted que mi compartimiento está frente al vagón restaurante, al final del tren; de manera que la mujer que atravesó el pasillo en aquella dirección tendría que encontrarse de espaldas a mí en el momento de pasar.

Poirot hizo un gesto de conformidad.

—Supongo que iría al lavabo.

—Es de suponer.

—¿Y la vio regresar?

—No me di cuenta, pero supongo que regresaría.

—Otra pregunta: ¿Fuma usted en pipa, mister MacQueen?

—No, señor, nunca.

Poirot hizo una pausa.

—Nada más por el momento. Voy a interrogar al criado de mister Ratchett. A propósito, ¿él y usted viajan siempre en coche de segunda clase?

—Él, sí. Yo generalmente viajo en primera... y si es posible, en el compartimiento inmediato al de mister Ratchett. De este modo hacía poner la mayor parte de su equipaje en mi compartimiento, para tenerlo a él y a mí a su alcance, pero en esta ocasión todas las literas de primera estaban reservadas, excepto la que él ocupó.

—Comprendo. Muchas gracias, mister MacQueen.

Capítulo III

DECLARACIÓN DEL CRIADO

Siguió al norteamericano el pálido inglés de rostro inexpresivo a quien Poirot había visto el día antes. Se mantuvo en pie correctamente. Poirot le hizo una seña para que tomase asiento.

—¿Es usted, según tengo entendido, el criado de mister Ratchett?

—Sí, señor.

—¿Su nombre?

—Edward Henry Masterman.

—¿Edad?

—Treinta y nueve años.

—¿Domicilio?

—El número veintiuno de Friar Street, en Clerkenwell.

—¿Está usted enterado de que su amo ha sido asesinado?

—Sí, señor. Aún no me he repuesto de la impresión.

—¿A qué hora vio usted por última vez a mister Ratchett?

El criado trató de recordar.

—Debió de ser a eso de las nueve de la pasada noche. Quizás un poco después.

—Dígame exactamente lo que sucedió.

—Entré en el compartimiento de mister Rátchett, como de costumbre, y le atendí en lo que necesitó.

—¿Cuáles eran sus obligaciones, concretamente?

—Doblar y colgar sus ropas, poner en agua su dentadura y cuidar de que tuviese a su alcance todo lo que pudiera necesitar durante la noche.

—¿Observó usted en su señor el humor de costumbre?

El criado reflexionó un momento.

—Me pareció que estaba un poco nervioso.

—¿Por qué causa?

—Por una carta que había estado leyendo. Me preguntó si había sido yo quien la había puesto en su mesa. Le contesté que no, pero él me amenazó y empezó a encontrar defectos a cuanto hacía.

—¿Era eso desacostumbrado?

—¡Oh, no, señor! Se alteraba fácilmente... Su humor dependía de cualquier detalle.

—¿Tomaba alguna vez somníferos para dormirse?

El doctor Constantine se inclinó hacia delante con avidez.

—Siempre que viajábamos en tren. Decía que de otro modo no podía dormir.

—¿Sabe usted la medicina que tomaba por costumbre?

—No estoy seguro, señor. No tenía marca el frasco. Decía solamente así: «Somnífero para antes de acostarse.»

—¿Lo tomó la pasada noche?

—Sí, señor. Yo lo eché en un vaso y se lo puse sobre la mesilla para que lo tomase.

—¿Vio como se lo bebía?

—No, señor.

—¿Qué sucedió después?

—Le pregunté si deseaba algo más y a qué hora debía despertarle por la mañana, y contestó que no le molestase hasta que llamase él.

—¿Era eso normal?

—Completamente, señor. Acostumbraba tocar el timbre

llamando al encargado, y luego le enviaba a buscarme cuando iba a levantarse.

—¿Tenía costumbre de levantarse temprano o tarde?

—Eso dependía de su humor, señor. A veces se levantaba a desayunar, otras no abandonaba la cama hasta la hora de comer.

—¿Así que usted no se alarmó cuando vio que avanzaba la mañana y no le llamaba su amo?

—No, señor.

—¿Sabía usted que su amo tenía enemigos?

—Sí, señor.

El hombre hablaba sin revelar la menor emoción.

—¿Cómo lo sabía usted?

—Le oí hablar con mister MacQueen de ciertas cartas.

—¿Sentía usted afecto por su amo, Masterman?

El rostro del criado se volvió más inexpresivo, si es posible, que de ordinario.

—No me gusta hablar de eso, señor. Era un amo muy generoso.

—Pero usted no le apreciaba.

—Digamos que no me agradan mucho los norteamericanos, señor.

—¿Ha estado usted alguna vez en Estados Unidos?

—No, señor.

—¿Recuerda haber leído en los periódicos el caso del secuestro de Armstrong?

Las mejillas del criado se colorearon ligeramente.

—Sí, señor. Secuestraron una niñita, ¿verdad? Fue un caso sensacional.

—¿Sabía usted que su patrón, mister Ratchett, era el principal instigador de aquel suceso?

—Naturalmente que no, señor. —El tono del criado se hizo por primera vez más cálido y apasionado—. Apenas puedo creerlo.

—No obstante es cierto. Pasemos ahora a sus movimientos de la última noche. Es cuestión de rutina, como usted comprenderá. ¿Qué hizo usted después de dejar a su amo acostado?

—Fui a avisar a mister MacQueen de que el señor le necesitaba. Luego entré en mi compartimiento y me puse a leer.

—¿Su compartimiento es...?

—El último de segunda clase, señor. El que está junto al vagón restaurante.

Poirot consultó su plano.

—Sí, ya veo. ¿Y qué litera tiene usted?

—La de abajo, señor.

—¿La número cuatro?

—Sí, señor.

—¿Hay alguien más con usted?

—Sí, señor. Un individuo italiano.

—¿Habla inglés?

—Bueno, cierta clase de inglés. —El tono del criado se hizo despectivo—. Ha estado en América... en Chicago, según tengo entendido.

—¿Habla usted mucho con él?

—No, señor. Prefiero leer.

Poirot sonrió. Se imaginaba la escena entre el corpulento italiano y el remilgado criado.

—¿Puedo preguntarle lo que está usted leyendo?

—En la actualidad leo *Cautiva del amor*, de Arabella Richardson.

—¿Es interesante?

—Yo la encuentro admirable, señor.

—Bien, continuemos. Regresó usted a su compartimiento y se puso a leer *Cautiva del amor*. ¿Hasta qué hora?

—Hasta las diez y media, señor. El italiano quería acostarse. Entró el encargado y nos hizo las camas.

—Y entonces, ¿se acostó usted y se durmió?

—Me acosté, señor, pero no me dormí.

—¿Por qué no se durmió?

—Tenía dolor de muelas, señor.

—*Oh, là, là...* Eso hace sufrir mucho.

—Muchísimo, señor.

—¿Hizo usted algo para calmarlo?

—Me apliqué un poco de aceite de clavo y se me alivió el dolor, pero todavía no pude conciliar el sueño. Entonces encendí la luz de la cabecera y continué leyendo para distraer la imaginación, por decirlo así.

—¿Y no logró usted dormir nada en absoluto?

—Sí, señor. A eso de las cuatro de la madrugada me quedé dormido.

—¿Y su compañero?

—¿El italiano? ¡Oh! ¡Ese roncó a placer!

—¿No abandonó el compartimiento durante la noche?

—No, señor.

—¿Y usted?

—Tampoco.

—¿Oyó usted algo durante la noche?

—Nada en absoluto. Al menos, nada desacostumbrado. Como el tren estaba parado, todo permanecía en silencio.

Poirot reflexionó unos momentos y añadió:

—Bien, poco más tenemos que hablar. ¿No puede usted arrojar alguna luz sobre la tragedia?

—Me temo que no. Lo siento, señor.

—¿No sabe usted si había alguna mala inteligencia entre su amo y mister MacQueen?

—¡Oh, no, señor! Mister MacQueen es un caballero muy amable.

—¿Dónde prestó usted sus servicios antes de entrar al de mister Ratchett?

—Con sir Henry Tomlinson, en Grosvenor Square.

—¿Por qué le abandonó usted?

—Se marchó al Africa Oriental y no necesitaba ya mis

servicios. Pero estoy seguro de que informará bien de mí, señor. Estuve con él algunos años.

—¿Y con mister Ratchett?

—Poco más de nueve meses.

—Gracias, Masterman. Una última pregunta. ¿Fuma usted en pipa?

—No, señor. Sólo cigarrillos... y de los fuertes.

—Gracias. Nada más por ahora.

Poirot le despidió con un gesto.

El criado titubeó un momento.

—Usted me disculpará, señor, pero la dama norteamericana se encuentra en un estado de nervios terrible. Anda diciendo que sabe todo lo relacionado con el asesinato.

—En ese caso —dijo Poirot sonriendo—, tendremos que recibirla en seguida.

—¿Quiere que la llame, señor? No hace más que preguntar por alguien que tenga autoridad aquí. El encargado del coche cama está tratando de calmarla.

—Dígale que venga, amigo mío —dijo Poirot—. Escucharemos su historia.

Capítulo IV

DECLARACIÓN DE LA DAMA NORTEAMERICANA

Mistress Hubbard penetró en el vagón restaurante en tal estado de excitación que apenas era capaz de articular palabra.

—Contésteme, por favor. ¿Quién tiene autoridad aquí? Tengo que declarar cosas importantes, *muy* importantes, y no encuentro a nadie que tenga alguna autoridad. Si ustedes, caballeros...

Su errante mirada fluctuó entre los tres hombres. Poirot se inclinó hacia delante.

—Dígamelo a mí, señora. Pero antes tenga la bondad de sentarse.

Mistress Hubbard se dejó caer pesadamente en el asiento situado frente al de Poirot.

—Lo que tengo que decir es exactamente esto: anoche hubo un asesinato en el tren, *¡y el asesino estuvo en mi compartimiento!*

Hizo una pausa para dar un énfasis dramático a sus palabras.

—¿Está usted segura de eso, señora?

—¡Claro que lo estoy! ¡Qué pregunta! Sé lo que me digo. Escuchen cómo sucedió. Me había metido en la cama y empezaba a quedarme dormida, cuando me desperté de pronto, rodeada por la oscuridad, y me di cuenta de que había un hombre en mi compartimiento. Fue tal mi espanto, que ni siquiera pude gritar. Me comprenden, ¿no? Quedé inmóvil, pensando: «Dios mío, me van a matar.» No puedo describirles lo que sentí en aquellos momentos. Pasaron por mi imaginación todos los crímenes que se cometen en los trenes y me dije: «Bueno, de todos modos, no me robarán mis joyas, porque las he escondido en una media que he metido bajo la almohada. Que sea lo que Dios quiera.» ¿Qué es lo que iba diciendo?

—Que se dio cuenta de que había un hombre en su compartimiento.

—¡Ah, sí! Estaba tendida en la cama con los ojos cerrados y pensaba: «Bueno, tengo que dar gracias a Dios de que mi hija no esté enterada del peligro en que me encuentro.» Y de pronto me sentí tan serena, extendí a tientas la mano y oprimí el timbre para llamar al encargado. Lo oprimí una y otra vez, pero nadie acudió, y crean ustedes que pensé que se me paralizaba el corazón. «Quizá —me dije— hayan asesinado a todos los que van en el tren.» Éste estaba parado y flotaba en el aire un extraño silencio. Pero yo seguí tocando el timbre y, ¡oh, qué alivio cuando sentí unos pasos apresurados por el pasillo y que alguien llamaba a mi puerta! «¡Entre!», grité, y di la luz al mismo tiempo. Y les asombrará a ustedes, pero no había un alma allí.

Mistress Hubbard pensó haber logrado con esto un clímax dramático y no el anticlímax que sobrevino.

—¿Y qué sucedió después, señora?

—Conté al encargado lo sucedido y él no pareció creerme. Por lo visto se imaginaba que yo lo había soñado. Le hice mirar bajo los asientos, aunque él decía que allí no cabía una persona. Estaba claro que el hombre había huido, ¡pero *hubo* un hombre allí! Créanme, me puso frenética la manera que tuvo el encargado de tratar de tranquilizarme. Yo no invento las cosas, señor... ¿Verdad que no sé su nombre?

—Poirot, señora, y aquí monsieur Bouc, un director de la compañía, y el doctor Constantine.

—Encantada de conocerles —murmuró mistress Hubbard, dirigiéndose de una manera abstracta a los tres, y a continuación volvió a enzarzarse con su relato.

—No quiero jactarme de clarividente, pero siempre me pareció sospechoso el individuo de la puerta de al lado... el infeliz a quien acaban de matar. Dije al encargado que mirase la puerta que pone en comunicación los dos compartimientos y resultó que no estaba cerrada. El hombre la cerró, pero en cuanto se marchó yo arrimé un baúl para sentirme más segura.

—¿A qué hora fue eso, mistress Hubbard?

—No lo sé exactamente. No me preocupé de mirar el reloj. Estaba tan nerviosa...

—¿Y cuál es su opinión sobre el crimen?

—Lo que he dicho no puede estar más claro. El asesino es el hombre que estuvo en mi compartimiento. ¿Quién si no él podía ser?

—¿Y cree usted que volvió al compartimiento inmediato?

—¿Cómo voy a saber a dónde fue? Tenía mis ojos bien cerrados.

—Tuvo que salir por la puerta del pasillo.

—No lo sé tampoco. Como les digo, tenía bien cerrados los ojos.

Mistress Hubbard suspiró convulsivamente.

—¡Dios mío, qué susto pasé! Si mi hija llega a enterarse...

—¿No cree usted, madame, que lo que oyó fue el ruido de alguien que se movía al otro lado de la puerta... en el compartimiento del hombre asesinado?

—No, monsieur... ¿Cómo se llama...? Poirot, monsieur

Poirot. *El hombre estaba allí, en el mismo compartimiento que yo*. Y algo más: tengo pruebas de ello.

Puso triunfalmente a la vista un gran bolso de mano y empezó a rebuscar en su interior.

Sacó dos pañuelos blancos, un par de gafas de concha, un tubo de aspirinas, un paquete de sales «Glauber», un tubo de pastillas de menta, un llavero, un par de tijeras, un talonario de cheques de la «American Express», la fotografía de una chiquilla, algunas cartas, cinco tiras de cuentas orientales y un pequeño objeto metálico... un botón.

—¿Ven ustedes ese botón? Bien, pues *no* me pertenece. No formaba parte de ninguna de mis prendas. Lo encontré esta mañana al levantarme.

Al colocarlo sobre la mesa, monsieur Bouc se inclinó hacia delante y lanzó una exclamación.

—¡Pero si este botón es de la chaqueta de un empleado de los coches cama!

—Puede haber una explicación natural para eso —dijo Poirot, y añadió, dirigiéndose amablemente a la dama—: Este botón, señora, puede haberse desprendido del uniforme del encargado cuando registró su compartimiento o cuando le hizo la cama.

—Yo no entiendo qué les pasa a todos ustedes. No saben hacer otra cosa que poner objeciones. Escúchenme. Anoche, antes de echarme a dormir, me puse a leer una revista y, antes de apagar la luz, la metí en un maletín colocado en el suelo, junto a la ventanilla. ¿Comprenden ustedes?

Los tres hombres le aseguraron que sí.

—Bien, pues ahora verán. El encargado miró bajo el asiento desde la puerta y luego entró y cerró la de comunicación con el compartimiento inmediato, pero no se acercó ni un instante a la ventanilla. Bueno, pues esta mañana este botón estaba sobre la revista. Me gustaría saber cómo llaman ustedes a eso.

—Lo llamamos una prueba, señora —dijo Poirot.

Esta contestación pareció apaciguar a la dama.

—Me pone más nerviosa que una avispa el que no me crean.

—Nos ha proporcionado usted detalles valiosos e interesantísimos —dijo Poirot—. ¿Puedo hacerle ahora unas cuantas preguntas? ¿Cómo es que desconfiando tanto de mister Ratchett no cerró usted la puerta que comunica los dos compartimientos?

—La cerré —contestó mistress Hubbard prontamente.

—¿La cerró?

—Bueno, en realidad pregunté a esa pobre criatura sueca, un alma en pena, la verdad, si estaba cerrada y me contestó que sí.

—¿Cómo no lo comprobó usted por sí misma?

—Porque estaba en la cama y mi esponjera colgaba del tirador y me ocultaba el pestillo.

—¿Qué hora era cuando le hizo usted la pregunta?

—Déjenme pensar. Serían cerca de las diez y media o las once menos cuarto. Vino a ver si yo tenía aspirinas. Le dije dónde podía encontrarlas y ella misma cogió una de mi bolso.

—¿Estaba usted en la cama?

—Sí.

De pronto se echó a reír.

—¡Pobre criatura... qué azoramiento pasó cuando abrió por equivocación la puerta del compartimiento contiguo!

—¿El de mister Ratchett?

—Sí. Ya sabe usted lo difícil que es acertar cuando se avanza por el tren y todas las puertas están cerradas. Ella estaba muy disgustada por el incidente. Parece ser que mister Ratchett se echó a reír y hasta le dijo una grosería. ¡Pobrecita, qué sofoco! «¡Oh, me he equivocado!», le dijo. Dentro había un hombre muy antipático que la recibió diciendo: «Es usted demasiado vieja.»

El doctor Constantine ahogó una risita y mistress Hubbard le fulminó inmediatamente con la mirada.

El doctor se apresuró a disculparse.

—¿Después de eso oyó usted algún ruido en el compartimiento de mister Ratchett? —preguntó Poirot.

—Bueno... no exactamente.

—¿Qué quiere decir usted con eso, madame?

—Pues que... roncaba.

—¡Ah! ¿Roncaba?

—Terriblemente. La noche anterior casi me impidió dormir.

—¿No lo oyó roncar después del susto que se llevó usted por creer que había un hombre en su compartimiento?

—¿Cómo iba a oírlo, monsieur Poirot? Estaba muerto.

—¡Ah, sí, es verdad! —dijo Poirot, confuso—. ¿Recuerda usted el caso Armstrong? Un famoso secuestro...

—¡Ya lo creo que lo recuerdo! ¡Y cómo escapó el criminal! Me hubiera gustado ponerle las manos encima.

—No escapó. Está muerto. Murió anoche.

—¿No querrá usted decir que...? —Mistress Hubbard se levantó a medias de su asiento, presa de gran emoción.

—Sí, madame. Ratchett era el criminal.

—¡Qué espanto! Tengo que escribírselo a mi hija. ¿No le dije a usted anoche que aquel hombre tenía cara de malo? Ya ve usted si tenía razón. Mi hija siempre dice: «Cuando a mamá se le mete en la cabeza una cosa, ya se puede apostar hasta el último dólar a que acierta.»

—¿Tenía usted amistad con algún miembro de la familia Armstrong, mistress Hubbard?

—No. Ellos se movían en un círculo diferente. Pero siempre he oído decir que mistress Armstrong era una mujer encantadora y que su marido la adoraba.

—Bien, mistress Hubbard, nos ha ayudado usted mucho... muchísimo. ¿Quiere usted darme su nombre completo?

—¡Oh, con mucho gusto! Carolina Martha Hubbard.

—¿Quiere poner aquí su dirección?

Mistress Hubbard lo hizo así, sin parar de hablar.

—No puedo apartarlo de mi imaginación. Cassetti... en este tren. ¡Qué acertada fue mi corazonada! ¿Verdad, monsieur Poirot?

—Acertadísima, madame. Dígame, ¿tiene usted una bata de seda escarlata?

—¡Dios mío, qué extraña pregunta! No, no la tengo. Traigo dos batas en la maleta, una de franela rosa, muy apropiada para la travesía por mar, y otra que me regaló mi hija... una especie de quimono de seda púrpura. Pero ¿por qué se interesa usted tanto por mis batas?

—Es que anoche entró en su compartimiento o en el de mister Ratchett una persona con un quimono escarlata. No tiene nada de particular, ya que, como usted dijo, es muy fácil confundirse cuando todas las puertas están cerradas.

—Pues nadie entró en el mío vestido de ese modo.

—Entonces debió de ser en el de mister Ratchett.

Mistress Hubbard frunció los labios y dijo con aire de misterio:

—No me sorprendería nada.

Poirot se inclinó hacia delante.

—¿Es que oyó usted la voz de una mujer en el compartimiento inmediato?

—No sé cómo lo ha adivinado usted, monsieur Poirot... No es que pueda jurarlo... pero *la oí* en realidad.

—Pues cuando le pregunté si había oído algo en el compartimiento de al lado contestó usted que solamente los ronquidos de mister Ratchett.

—Bien, es cierto. *Roncó* una parte del tiempo. En cuanto a lo otro... —Mistress Hubbard se ruborizó—. Es un poco violento hablar de lo otro.

—¿Qué hora era cuando oyó usted la voz?

—No lo sé. Acababa de despertarme y oí hablar a una mujer. Pensé entonces: «Buen pillo está hecho ese hombre. No me sorprende», y me volví a dormir. Puede usted estar seguro de que nunca habría mencionado este detalle a tres caballeros extraños de no habérmelo sonsacado usted.

—¿Sucedió eso antes o después del susto que le dio el hombre que entró en su compartimiento?

—¡Me hace usted una pregunta parecida a la de antes! ¿Cómo iba a hablar mister Ratchett si ya estaba muerto?

—*Pardon*. Debe usted creerme muy estúpido, madame.

—No, solamente distraído. Pero no acabo de convencerme de que se tratase de ese monstruo de Cassetti. ¿Qué dirá mi hija cuando se entere?

Poirot se las arregló distraídamente para ayudar a la buena señora a volver al bolso los objetos extraídos y la condujo después hacia la puerta.

En el último momento, Poirot le dijo:

—Se le ha caído su pañuelo, señora...

Mistress Hubbard miró el pequeño trozo de batista que él le mostraba.

—No es mío, monsieur Poirot. Lo tengo aquí.

—*Pardon*. Creí haber visto en él la inicial H...

—Es curioso, pero ciertamente no es mío. Los míos están marcados C.M.H. y son muy sencillos... no tan costosos como esas monadas de París. ¿A qué nariz servirá un trapito como ése?

Ninguno de los tres hombres encontró respuesta a esta pregunta, y mistress Hubbard se alejó triunfalmente.

Capítulo V

DECLARACIÓN DE LA DAMA SUECA

Monsieur Bouc no cesaba de darle vueltas al botón dejado por mistress Hubbard.

—Este botón... No puedo comprenderlo —dijo—. ¿Significará, después de todo, que Pierre Michel está complicado en el asunto? —Hizo una pausa y, al ver que Poirot no le contestaba, continuó—: ¿Qué tiene usted que decir a esto, amigo mío?

—Que este botón sugiere posibilidades —contestó Poirot pensativo—. Interrogaremos a la señora sueca antes de discutir la declaración que acabamos de escuchar.

Rebuscó en la pila de pasaportes que tenía delante.

—¡Ah! Aquí lo tenemos. Greta Ohlsson, de cuarenta y nueve años.

Monsieur Bouc dio sus instrucciones al empleado del restaurante, y éste regresó al poco acompañado de la dama de pelo amarillento y rostro ovejuno. La mujer miró fijamente a Poirot, a través de sus lentes, pero permanecía tranquila.

Como resultó que entendía y hablaba el francés, la conversación tuvo lugar en este idioma. Poirot le dirigió primeramente las preguntas cuya respuesta ya conocía: su nombre, edad y dirección. Luego le preguntó su profesión.

Era, contestó, matrona en una escuela misional cerca de Estambul. Tenía el título de enfermera.

—Supongo que estará usted enterada de lo que ocurrió aquí anoche, mademoiselle.

—Naturalmente. Es espantoso. Y la señora norteamericana me ha dicho que el asesino estuvo en su compartimiento.

—Tengo entendido, mademoiselle, que es usted la última persona que vio vivo al hombre asesinado.

—No lo sé. Quizá sea así. Abrí la puerta de su compartimiento por equivocación. Pasé una gran vergüenza.

—¿Le vio usted realmente?

—Sí. Estaba leyendo un libro. Yo me disculpé apresuradamente y me retiré.

—¿Le dijo algo a usted?

Las mejillas de la solterona se tiñeron de vivo rubor.

—Se echó a reír y pronunció unas palabras. Casi no las comprendí.

—¿Y qué hizo usted, mademoiselle? —preguntó Poirot, cambiando con tacto de tema.

—Entré a ver a la señora norteamericana, mistress Hubbard, y le pedí una aspirina y me la dio.

—¿Le preguntó ella si la puerta de comunicación con el compartimiento de mister Ratchett estaba cerrada?

—Sí.

—¿Y lo estaba?

—Sí.

—¿Qué hizo a continuación?

—Regresé a mi compartimiento, ingerí la aspirina y me acosté.

—¿A qué hora sucedió todo eso?

—Cuando me metí en la cama eran las once menos cinco; puedo asegurarlo porque miré mi reloj antes de darle cuerda.

—¿Se durmió usted en seguida?

—No muy pronto. Me dolía menos la cabeza, pero estuve despierta algún tiempo

—¿Se había detenido ya el tren antes de dormirse usted?

—Se detuvo antes de quedarme dormida, pero creo que fue en una estación.

—Debió ser Vincovci. ¿Es éste su compartimiento, mademoiselle? —preguntó Poirot, señalándoselo en el plano.

—Sí, ése es.

—¿Tiene usted la litera superior o la inferior?

—La inferior, la número diez

—¿Tenía usted una compañera de compartimiento?

—Sí, una joven inglesa. Muy amable y muy simpática. Viene viajando desde Bagdad.

—¿Abandonó esa joven el compartimiento después de salir el tren de Vincovci?

—No, estoy segura de que no.

—¿Cómo puede usted estarlo si estaba dormida?

—Tengo el sueño muy ligero. Estoy acostumbrada a despertarme al menor ruido. Estoy segura de que si se hubiese bajado de su litera me habría despertado.

—Y usted, ¿abandonó el compartimiento?

—No lo abandoné hasta esta mañana.

—¿Tiene usted un quimono de seda escarlata?

—No por cierto. Tengo una buena bata de lana de color azul.

—¿Y la otra señorita, miss Debenham? ¿De qué color es su bata?

—De un color malva pálido, como las que venden en Oriente.

Poirot asintió y añadió en tono amistoso:

—¿Por qué hace usted este viaje? ¿Vacaciones?

—Sí, vuelvo a casa, de vacaciones. Pero antes permaneceré en Lausana unos días con una hermana.

—¿Tiene usted la bondad de escribir aquí el nombre y dirección de esa hermana?

—No hay inconveniente.

La solterona cogió el papel y el lápiz que él le dio y escribió el nombre y la dirección requeridos.

—¿Ha estado usted alguna vez en Estados Unidos, mademoiselle?

—No. Una vez estuve a punto de ir. Tenía que acompañar a una señora inválida, pero desistieron del viaje en el último momento. Lo sentí mucho. Son muy buenos los norteamericanos. Dan mucho dinero para fundar escuelas y hospitales. Son muy prácticos.

—¿Recuerda usted haber oído hablar del caso Armstrong?

—No. ¿Qué ocurrió?

Poirot se lo explicó.

Greta Ohlsson se indignó. Su moño de cabellos pajizos tembló de emoción.

—¡Parece mentira que haya en el mundo tales monstruos! Ponen a prueba la fe de uno. ¡Pobre madre! ¡Mi corazón sufre tanto por ella!

La amable sueca se retiró con el rostro arrebolado y los ojos empañados por las lágrimas.

Poirot escribía afanosamente sobre una hoja de papel.

—¿Qué escribe usted ahí, amigo mío? —preguntó monsieur Bouc.

—*Mon cher*, tengo la costumbre de ser muy ordenado. Estoy trazando una pequeña tabla cronológica de los acontecimientos.

Acabó de escribir y pasó el papel a monsieur Bouc.

9.15 Sale el tren de Belgrado.
9.40 (aproximadamente) El criado deja a Ratchett con el sedante preparado.
10.00 (aproximadamente) Greta Ohlsson ve a Ratchett (la

última persona que lo vio vivo). N. B. Estaba despierto, leyendo un libro.

0.10 El tren sale de Vincovci. (Con retraso.)

0.30 El tren tropieza con un desprendimiento de nieve.

0.37 Suena el timbre de Ratchett. El encargado acude. Ratchett dice: «*Ce n'est rien. Je me suis trompé.*»

1.17 (aproximadamente) Mistress Hubbard cree que hay un hombre en su compartimiento. Llama al encargado.

Monsieur Bouc hizo un gesto de aprobación.

—Está clarísimo —dijo.

—¿No observa algo extraño que le llame la atención?

—No, todo me parece perfectamente normal. Es evidente que el crimen se cometió a la una y cuarto. El detalle del reloj nos lo dice, y la declaración de mistress Hubbard lo confirma. Voy a aventurar una opinión sobre la identidad del asesino. A mí no me cabe duda de que es el individuo italiano. Viene de Estados Unidos, de Chicago... y recuerde que el cuchillo es un arma italiana y que apuñaló a su víctima varias veces.

—Es cierto.

—No hay duda, ésa es la solución del misterio. Él y Ratchett actuaron juntos en el asunto del secuestro. Cassetti es un nombre italiano. En cierto modo, Ratchett traicionó a las dos partes. El italiano le siguió la pista, le escribió cartas amenazadoras y finalmente se vengó de él de un modo brutal. Todo es muy sencillo.

Poirot movió la cabeza pensativo.

—Es mucho más complicado que todo eso... me temo —murmuró.

—Pues yo estoy convencido de que es la verdad —dijo monsieur Bouc, cada vez más entusiasmado con su hipótesis.

—¿Y qué me dice usted del criado con el dolor de muelas, que jura que el italiano no abandonó el compartimiento?

—Ése es un punto difícil.

—Sí, y el más desconcertante. Desgraciadamente para su teoría y afortunadamente para nuestro amigo el italiano, el criado de mister Ratchett tuvo aquella noche fortuitamente dolor de muelas.

—Todo se explicará —dijo monsieur Bouc con ingenua certidumbre.

«No —pensó—, no es tan sencillo como parece.»

Capítulo VI

DECLARACIÓN DE LA PRINCESA RUSA

O igamos lo que Pierre Michel tiene que decirnos acerca de este botón —dijo.

Volvieron a llamar al encargado del coche cama. Al entrar miró interrogadoramente.

Mister Bouc se aclaró la garganta.

—Michel —dijo—, aquí tenemos un botón de su guerrera. Lo encontramos en el compartimiento de la dama norteamericana. ¿Qué explicación puede usted darnos?

La mano del encargado se dirigió automáticamente a su guerrera.

—No he perdido ningún botón, señor —contestó—. Debe tratarse de alguna equivocación.

—Es muy extraño.

—No es culpa mía.

El hombre parecía asombrado, pero en modo alguno confuso o atemorizado.

—Debido a las circunstancias en que fue encontrado —dijo monsieur Bouc significativamente—, parece casi seguro que este botón se le cayó al hombre que estuvo en el compartimiento de mistress Hubbard la última noche, cuando la señora tocó el timbre.

—Pero, señor, no había nadie allí. La señora debió imaginárselo.

—No se lo imaginó, Michel. El asesino de mister Ratchett pasó por allí... *y se le cayó este botón.*

Como el significado de las palabras de monsieur Bouc estaba ahora bien claro, a Pierre Michel le sobrevino un violento estado de agitación.

—¡No es cierto, señor, no es cierto! —exclamó—. ¡Me está usted acusando del crimen! Soy inocente. Soy absolutamente inocente. ¿Por qué iba yo a matar a un hombre a quien nunca había visto?

—¿Dónde estaba usted cuando mistress Hubbard llamó?

—Ya se lo dije, señor; en el coche inmediato, hablando con mi compañero.

—Mandaremos a buscarlo.

—Hágalo, señor, se lo suplico, hágalo.

Llamado el encargado del coche contiguo, confirmó inmediatamente la declaración de Pierre Michel. Añadió que el encargado del coche de Bucarest había estado también allí. Los tres habían estado hablando de la situación creada por la nieve. Llevaban charlando unos diez minutos cuando a Michel le pareció oír un timbre. Al abrir las puertas que ponían en comunicación los dos coches, lo oyeron todos claramente. Sonaba un timbre insistentemente. Michel se apresuró entonces a acudir a la llamada.

—Ya ve usted, señor, que no soy culpable —dijo Michel, suspirando.

—Y este botón de la guerrera de un encargado de la Wagons Lits, ¿cómo lo explica usted?

—No me lo explico, señor. Es un misterio para mí; todos mis botones están intactos.

Los otros dos encargados declararon también que no habían perdido ningún botón, así como ninguno de ellos había estado en el compartimiento de mistress Hubbard.

—Tranquilícese, Michel —dijo monsieur Bouc—. Y recuerde el momento en que corrió usted a contestar a la llamada de mistress Hubbard. ¿No encontró usted a nadie en el pasillo?

—No, señor.

—¿Vio usted a alguien alejarse por el pasillo en la otra dirección?

—No, señor.

—Es extraño —murmuró monsieur Bouc.

—No tan extraño —dijo Poirot—. Es una cuestión de tiempo. Mistress Hubbard se despierta y ve que hay alguien en su compartimiento. Durante uno o dos minutos permanece paralizada, con los ojos cerrados. Probablemente fue entonces cuando el hombre se deslizó al pasillo. Luego empezó a tocar el timbre. Pero el encargado no acudió inmediatamente. Oyó el timbre a la tercera o cuarta llamada. Yo diría que tuvo tiempo suficiente para...

—¿Para qué? ¿Para qué, *mon cher*? Recuerde que todo el tren estaba rodeado de grandes montones de nieve.

—Nuestro misterioso asesino tenía dos escapatorias posibles —dijo Poirot lentamente—. Pudo salir por uno de los lavabos o desaparecer en uno de los compartimientos.

—¡Pero si todos estaban ocupados!

—¡Ya lo sé!

—¿Quiere usted decir que pudo esconderse en *su propio* compartimiento?

Poirot asintió.

—Así se explica todo —murmuró monsieur Bouc—. Durante aquellos diez minutos de ausencia del encargado, el asesino sale de su compartimiento, entra en el de Ratchett, comete el crimen, cierra la puerta y echa el pestillo por dentro, sale por el compartimiento de mistress Hubbard y se encuentra a salvo en su propio compartimiento en el momento en que acude el encargado.

—No es tan sencillo como todo eso, amigo mío —murmuró Poirot—. Nuestro amigo el doctor se lo dirá a usted.

Monsieur Bouc indicó con un gesto a los tres encargados que podían retirarse.

—Tenemos todavía que interrogar a ocho viajeros —dijo Poirot—. Cinco de primera clase: la princesa Dragomiroff, el conde y la condesa Andrenyi, el coronel Arbuthnot y mister Hardman. Y tres viajeros de segunda clase: miss Debenham, Antonio Foscarelli y la doncella, fräulein Schmidt.

—¿A quién verá usted primero? ¿Al italiano?

—¡Qué obsesión tiene usted con su italiano! No, empezaremos por la copa del árbol. Quizá *madame la princesse* tendrá la bondad de concedernos unos minutos de audiencia. Pásele aviso, Michel.

—*Oui, monsieur* —dijo el encargado, que se disponía a abandonar el coche.

—Dígale que podemos visitarla en su compartimiento, si no quiere molestarse en venir aquí —añadió monsieur Bouc.

Pero la princesa Dragomiroff tuvo a bien tomarse la molestia, y apareció en el vagón restaurante unos momentos después. Inclinó la cabeza ligeramente y se sentó frente a Hércules Poirot.

Su rostro de sapo parecía aún más amarillento que el día anterior. Era decididamente fea y, sin embargo, como el sapo, tenía ojos como joyas, negros e imperiosos, reveladores de una latente energía y de una extraordinaria fuerza intelectual. Su voz era profunda, muy clara, de timbre agradable y simpático.

Cortó en seco unas galantes frases de disculpa de monsieur Bouc.

—No necesitan ustedes disculparse, caballeros. Tengo entendido que ha ocurrido un asesinato. Y, naturalmente, tienen ustedes que interrogar a todos los viajeros. Tendré mucho gusto en ayudarles en lo que pueda.

—Es usted muy amable, madame —dijo Poirot.

—Nada de eso. Es un deber. ¿Qué desean ustedes saber?

—Su nombre completo y dirección, madame. Quizá prefiera usted escribirlos por sí misma.

Poirot le ofreció una hoja de papel y un lápiz, pero la dama los rechazó con un gesto.

—Puede hacerlo usted mismo —dijo—. No es nada difícil. Natalia Dragomiroff. Diecisiete de la Avenida Kleber, París.

—¿Regresa usted de Constantinopla, madame?

—Sí. He pasado una temporada en la Embajada Austríaca. Me acompaña mi doncella.

—¿Tendría usted la bondad de darme una breve relación de sus movimientos la noche pasada, a partir de la hora de la cena?

—Con mucho gusto. Di orden al encargado de que me hiciese la cama mientras yo estaba en el comedor. Me acosté inmediatamente después de cenar. Leí hasta las once, en que apagué la luz. No pude dormir a causa de cierto dolor reumático que padezco. A la una menos cuarto llamé a mi doncella. Me dio masaje y luego leí hasta que me quedé dormida. No puedo decir exactamente cuándo me dejó mi doncella. Pudo ser a la media hora... quizá después.

—¿El tren se había detenido ya?

—Ya se había detenido.

—¿No oyó usted nada... nada desacostumbrado durante ese tiempo, madame?

—Nada desacostumbrado.

—¿Cómo se llama su doncella?

—Hildegarde Schmidt.

—¿Lleva con usted mucho tiempo?

—Quince años.

—¿La considera usted digna de confianza?

—Absolutamente. Su familia es oriunda del mismo estado que mi difunto esposo en Alemania.

—Supongo que habrá usted estado en Estados Unidos, madame.

El brusco cambio de tema hizo levantar las cejas a la vieja dama.

—Muchas veces.

—¿Conoció usted a una familia llamada Armstrong... una familia en la que ocurrió, hace algún tiempo, una tragedia?

—Me habla usted de amigos —dijo la anciana dama con cierta emoción en la voz.

—Entonces, ¿conoció usted bien al coronel Armstrong?

—Le conocí ligeramente; pero su esposa, Sonia Armstrong, era mi ahijada. Tuve también amistad con su madre, la actriz Linda Arden. Linda era un genio, una de las mejores trágicas del mundo. Como «lady Macbeth», como «Magda», no hubo nadie que la igualase. Yo fui no solamente una rendida admiradora de su arte, sino una amiga personal.

—¿Murió?

—No, no, vive todavía, pero completamente retirada. Está muy delicada de salud, pasa la mayor parte del tiempo tendida en un sofá.

—Según tengo entendido, tenía una segunda hija.

—Sí, mucho más joven que mistress Armstrong.

—¿Y vive?

—Ciertamente.

—¿En dónde?

La anciana se inclinó y le lanzó una penetrante mirada.

—Debo preguntarle la razón de estas preguntas. ¿Qué tienen que ver con el asesinato ocurrido en este tren?

—Tiene esta relación, madame: el hombre asesinado es el responsable del secuestro y asesinato de la chiquilla de mistress Armstrong.

—¡Ah!

Se reunieron las rectas cejas. La princesa Dragomiroff se irguió un poco más.

—¡Este asesinato es entonces un suceso admirable! —exclamó—. Usted me perdonará mi punto de vista ligeramente cruel.

—Es muy natural, madame. Y ahora volvamos a la pregunta que dejó usted sin contestar. ¿Dónde está la hija más joven de Linda Arden, la hermana de mistress Armstrong?

—De verdad que no lo sé, monsieur. He perdido contacto con la joven generación. Creo que se casó con un inglés hace algunos años y se marcharon a Inglaterra, pero por el momento no puedo recordar el nombre de su marido.

Hizo una larga pausa y añadió:

—¿Desean preguntarme algo más, caballeros?

—Sólo una cosa, madame; algo meramente personal. El color de su bata.

La dama enarcó ligeramente las cejas.

—Debo suponer que tiene usted razones para tal pregunta. Mi bata es de raso azul.

—Nada más, madame. Le quedo muy reconocido por haber contestado a mis preguntas con tanta prontitud.

Ella hizo un ligero gesto con su ensortijada mano. Luego se puso en pie, y los otros con ella.

—Dispénseme, señor —dijo dirigiéndose a Poirot—. ¿Puedo preguntarle su nombre? Su cara me es conocida.

—Mi nombre, señora, es Hércules Poirot... para servirla.

Ella guardó silencio unos momentos.

—Hércules Poirot... —murmuró—. Sí, ahora recuerdo. Es el destino.

Se alejó muy erguida, algo rígida en sus movimientos.

—*Voilà une grande dame!* —comentó monsieur Bouc—. ¿Qué opina usted de ella, amigo mío?

Pero Hércules Poirot se limitó a mover la cabeza.

—Me estoy preguntando —dijo— qué habrá querido decir con eso del destino.

CAPÍTULO VII

DECLARACIÓN DEL CONDE Y LA CONDESA ANDRENYI

El conde y la condesa Andrenyi fueron llamados a continuación. No obstante, únicamente el conde se presentó en el vagón restaurante.

Visto de cerca, no había duda de que era un hombre arrogante. Tenía una estatura de seis pies, por lo menos, con anchas espaldas y enjutas caderas. Iba vestido con un traje de magnífico corte inglés, y se le hubiera tomado por un hijo de Gran Bretaña de no haber sido por la longitud de su bigote y por cierta particularidad de la línea de sus pómulos.

—Bien, señores —dijo—, ¿en qué puedo servirles?

—Comprenderá usted, caballero —contestó Poirot—, que, en vista de lo sucedido, me veo obligado a hacer ciertas preguntas a todos los viajeros.

—Perfectamente, perfectamente —dijo el conde con amabilidad—. Me doy cuenta de su situación, pero mucho me temo que mi esposa y yo podamos ayudarle muy poco. Estábamos dormidos y no oímos nada en absoluto.

—¿Está usted enterado de la identidad del muerto, señor?

—Tengo entendido que se trata de un norteamericano... un individuo con un rostro decididamente desagradable. Se sentaba en aquella mesa durante las comidas.

El conde indicó con un movimiento de cabeza la mesa.

—Sí, sí, no se equivoca usted, señor, pero yo le pregunto si conoce usted el nombre del individuo.

—No. —El conde parecía completamente desconcertado por las preguntas de Poirot—. Si quiere usted saberlo —añadió—, seguramente estará en su pasaporte.

—El nombre que figura en su pasaporte es Ratchett —repuso Poirot—. Pero ése no es su verdadero nombre. El verdadero es Cassetti, responsable de un famoso secuestro cometido en Estados Unidos.

Poirot observaba atentamente al conde mientras hablaba, pero éste no pareció afectarse por la sensacional noticia y se limitó a abrir un poco más los ojos.

—¡Ah! —dijo—. Ciertamente que el detalle no dejará de arrojar luz sobre el asunto. Extraordinario país Estados Unidos.

—¿El señor conde ha estado quizás allí?

—Estuve un año en Washington.

—¿Conoció usted a la familia Armstrong?

—Armstrong... Armstrong... Es difícil recordar. Conoce uno a tanta gente.

Sonrió y se encogió de hombros.

—Pero volvamos al asunto que les interesa, caballeros —dijo—. ¿En qué otra cosa puedo servirles?

—¿A qué hora se retiró usted a descansar, señor conde?

Poirot lanzó una mirada de refilón a su plano del coche cama. El conde y la condesa Andrenyi ocupaban los compartimientos señalados con los números doce y trece.

—Hicimos que nos prepararan la cama de uno de los dos compartimientos mientras estábamos en el vagón restaurante. Al volver nos sentamos un rato en el otro.

—¿En cuál?

—En el número trece. Jugamos al *piquet*. A eso de las once mi esposa se retiró a descansar. El encargado hizo mi cama también y me acosté. Dormí profundamente hasta la mañana.

—¿Se dio usted cuenta de la detención del tren?

—No me enteré hasta esta mañana.

—¿Y su esposa?

El conde sonrió.

—Mi esposa siempre toma un somnífero cuando viaja. Y anoche tomó su acostumbrada dosis de «Trional».

Hizo una pausa.

—Siento no poder ayudarles en ningún modo.

Poirot le pasó una hoja de papel y una pluma.

—Gracias, *monsieur le comte*. Es una mera formalidad. ¿Tendrá usted la amabilidad de dejarme su nombre y dirección?

El conde los escribió lenta y cuidadosamente sin titubeos.

—Ha hecho usted bien en obligarme a que se los escriba —dijo en tono humorístico—. La ortografía de mi país es un poco difícil para los que no están familiarizados con el idioma.

Entregó la hoja de papel a Poirot y se puso en pie.

—Considero completamente innecesario que mi esposa venga aquí —dijo—. No podría agregar gran cosa a lo dicho por mí.

Se avivó ligeramente la mirada de Poirot.

—Indudable, indudable —dijo—. Pero me agradaría cambiar unas palabras con *madame la comtesse*.

—Le aseguro a usted que es completamente innecesario.

Su voz adquirió un tono autoritario. Poirot sonrió amablemente.

—Será una mera formalidad —explicó—. Usted comprenderá que es necesario para mi informe.

—Como guste.

El conde cedió de mala gana. Hizo una pequeña reverencia y abandonó el salón.

Poirot echó mano a un pasaporte. Anotó los títulos y nombres del conde. Lo hojeó después en busca de más información: «*Acompañado por su esposa*. Nombre de pila: Elena María. Apellido de soltera: Goldenberg. Edad: veinte años.» Algún funcionario descuidado había dejado caer una mancha de grasa en el documento.

—Un pasaporte diplomático —dijo monsieur Bouc—. Tenemos que procurar no molestarles, amigo mío. Esta gente no puede tener nada que ver con el asesinato.

—Pierda cuidado, *mon vieux*, obraré con el tacto más exquisito. Será una mera formalidad.

La voz de Poirot se apagó al entrar la condesa Andrenyi en el coche. Parecía tímida pero extremadamente encantadora.

—¿Desean ustedes hablarme, caballeros?

—Una mera formalidad, señora condesa —dijo Poirot, levantándose galantemente e indicándole el asiento frente al suyo—. Es sólo para preguntarle si vio y oyó usted algo la pasada noche que pueda arrojar alguna luz sobre el asunto.

—Nada en absoluto, señor. Estuve dormida.

—¿No oyó usted, por ejemplo, un alboroto en el compartimiento inmediato al suyo? La señora norteamericana que lo ocupa tuvo un ataque de nervios y tocó el timbre, llamando insistentemente al encargado.

—No oí nada, señor; había tomado un somnífero.

—¡Ah! Comprendo. Bien, no deseo entretenerla más... Un momento —añadió apresuradamente al ver que ella se ponía en pie—. Estos datos del nombre de su doncella, edad y demás, ¿son correctos?

—Completamente, señor.

—¿Tendría usted la amabilidad de firmar esta nota para confirmarlo?

La condesa firmó rápidamente, con una graciosa letra: *Elena Andrenyi*.

—¿Acompañó usted a su marido a América, madame?

—No, señor. —Ella sonrió, enrojeciendo ligeramente—. No estábamos casados entonces; llevamos solamente un año.

—Muchas gracias, madame. Una pregunta incidental: ¿fuma su marido?

—Sí.

—¿En pipa?

—No. Cigarrillos y cigarros.

—¡Ah! Gracias.

Ella hizo una pausa. Sus ojos le observaron con curiosidad. Ojos adorables, de forma de almendra, con largas pestañas que rozaban la exquisita palidez de sus mejillas. Sus labios, sombreados de escarlata, a la moda extranjera, estaban ligeramente entreabiertos. Tenía una belleza exótica.

—¿Por qué me lo pregunta?

—Los detectives hacemos toda clase de preguntas, señora —sonrió Poirot—. ¿Quiere usted decirme, por ejemplo, el color de su bata?

Ella se le quedó mirando. Luego se echó a reír.

—Es de seda color rojo. ¿Es realmente importante?

—Importantísimo, señora.

—¿De verdad que es usted un detective? —preguntó ella con curiosidad.

—A su servicio, señora.

—Yo creía que no tendríamos detectives en el tren mientras pasábamos por Yugoslavia hasta... llegar a Italia.

—Yo no soy un detective yugoslavo, madame. Soy un detective internacional.

—¿Pertenece usted a la Sociedad de Naciones?

—Pertenezco al mundo, madame —contestó dramáticamente Poirot—. Trabajo principalmente en Londres, ¿Habla usted inglés? —preguntó en aquel idioma.

—Sí, un poco.

Su acento era encantador.

Poirot se inclinó de nuevo.

—No la entretendremos a usted más, madame. Como usted ha visto, no ha sido tan terrible el interrogatorio.

Ella sonrió, inclinó la cabeza y echó a andar.

—*Elle es une jolie femme* —suspiró monsieur Bouc—. Pero no nos ha dicho gran cosa.

—No —convino Poirot—. Dos personas que no han visto ni oído nada.

—¿Llamamos ahora al italiano?

Poirot no contestó por el momento. Estaba observando una mancha de grasa en un pasaporte diplomático húngaro.

Capítulo VIII

DECLARACIÓN DEL CORONEL ARBUTHNOT

Poirot salió de su abstracción con un ligero sobresalto. Sus ojos parpadearon un poco al encontrarse con la ávida mirada de monsieur Bouc.

—¡Ah, mi querido amigo! —dijo—. Me estoy volviendo eso que llaman esnob. Opino que debe atenderse a la primera clase antes que a la segunda. Interroguemos pues, a continuación, al apuesto coronel Arbuthnot.

Como el francés del coronel era bastante limitado, Poirot decidió conducir el interrogatorio en inglés.

Quedaron anotados el nombre, edad, naturaleza, dirección y graduación militar, y Poirot prosiguió:

—¿Regresa usted de la India con lo que llaman licencia... y nosotros llamamos *en permission*?

El coronel Arbuthnot contestó, con verdadero laconismo británico:

—Sí.

—Pero, ¿no está usted obligado a viajar en un barco oficial?

—No. He preferido viajar por tierra por razones completamente particulares. —«Y de las que no tengo que dar cuenta a ningún gaznápiro», pareció añadir el tono de su voz.

—¿Viene usted directamente de la India?

—Me detuve una noche para visitar Ur, en Caldea, y durante tres días en Bagdad con un coronel amigo mío —contestó secamente.

—Se detuvo tres días en Bagdad. Tengo entendido que la joven inglesa, miss Debenham, viene también de Bagdad.

—No. La vi por primera vez como compañera de coche en el trayecto de Kirkuk a Nissibin.

Poirot se inclinó hacia delante, y su acento se hizo más persuasivo y extranjerizado de lo necesario.

—Señor, voy a suplicarle una cosa. Usted y miss Debenham son los únicos ingleses que hay en todo el tren. Me interesaría saber la opinión que cada uno de ustedes tiene del otro.

—La pregunta me parece altamente impertinente —dijo el coronel con frialdad.

—No lo crea. Considere que el crimen fue, según todas las probabilidades, cometido por una mujer. Hasta el mismo *chef de train* lo dijo: «Es una mujer.» ¿Cuál debe ser entonces mi primera tarea? Dar a todas las mujeres que viajan en el coche Estambul-Calais lo que los norteamericanos llaman «un vistazo». Pero juzgar a una inglesa es difícil. Los ingleses son muy reservados. Por eso acudo a usted, señor, en interés de la justicia. ¿Qué clase de persona es miss Debenham? ¿Qué sabe usted de ella?

—Miss Debenham —dijo el coronel con cierto entusiasmo— es una *lady*.

—¡Ah! —exclamó Poirot, fingiendo gran satisfacción—. ¿Así que usted no cree que esté complicada en el crimen?

—¡La idea es absurda! —replicó Arbuthnot—. El individuo era un perfecto desconocido... ella no le había visto jamás.

—¿Se lo dijo ella así?

—En efecto. Estuvimos hablando de su aspecto desagradable. Si *está complicada* una mujer, como usted parece creer (a mi juicio, sin fundamento alguno), puedo asegurarle que no será miss Debenham.

—Habla usted del asunto con mucho calor —dijo Poirot con una sonrisa.

El coronel Arbuthnot le lanzó una fría mirada.

—Realmente no sé lo que quiere usted decir.

La mirada pareció acobardar a Poirot. Bajó los ojos y empezó a revolver los papeles que tenía delante.

—Todo esto carece de importancia —dijo—. Seamos prácticos y volvamos a los hechos: Tenemos razones para creer que el crimen se perpetró a la una y cuarto de la pasada noche. Forma parte de la necesaria rutina preguntar a todos los viajeros qué estaban haciendo a aquella hora.

—A la una y cuarto, si mal no recuerdo, yo estaba hablando con el joven norteamericano... el secretario del hombre muerto.

—¡Ah! ¿Estuvo usted en su compartimiento, o él en el de usted?

—Yo estuve en el suyo.

—¿En el del joven que se llama MacQueen?

—Sí.

—¿Era amigo o conocido de usted?

—No. Nunca le había visto antes de este viaje. Entablamos ayer una conversación casual y ambos nos sentimos interesados. A mí, por lo general, no me agradan los norteamericanos... no estoy acostumbrado a ellos...

Poirot sonrió al recordar la opinión de MacQueen sobre los británicos.

—... pero me fue simpático este joven. Sus ideas sobre la situación de la India son completamente erróneas; esto es lo peor que tienen los norteamericanos... son demasiado sentimentales y realistas. Bien, como iba diciendo, le interesó mucho lo que yo le decía. Son casi treinta años de experiencia en el país. Y a mí me interesaba lo que él tenía que decirme sobre la situación financiera de Norteamérica. Después hablamos de política mundial. Cuando miré el reloj me sorprendió ver que eran las dos menos cuarto.

—¿Fue ésa la hora en que interrumpieron ustedes su conversación?

—Sí.

—¿Qué hizo usted después?

—Me dirigí a mi compartimiento y me acosté.

—¿Estaba ya hecha su cama?

—Sí.

—¿Es el compartimiento... veamos... número quince... el penúltimo al extremo contrario del vagón restaurante?

—Sí.

—¿Dónde estaba el encargado cuando usted se dirigía a él?

—Sentado al final del pasillo. Por cierto que MacQueen le llamó cuando yo entraba en mi compartimiento.

—¿Para qué le llamó?

—Supongo que para que le hiciera la cama. Su litera no estaba preparada todavía para pasar la noche.

—Muy bien, coronel Arbuthnot; le ruego ahora que trate de recordar con el mayor cuidado. Durante el tiempo que estuvo usted hablando con mister MacQueen, ¿pasó alguien por el pasillo?

—Supongo que mucha gente, pero no me fijé.

—¡Ah! Pero yo me refiero a... pongamos durante la última hora y media de su conversación. ¿Bajaron ustedes en Vincovci?

—Sí, pero solamente unos minutos. Había ventisca y el frío era algo espantoso. Deseaba uno volver al coche, aunque opino que es escandalosa la manera que tienen de calentar estos trenes.

Monsieur Bouc suspiró.

—Es muy difícil complacer a todo el mundo —dijo—. Los ingleses lo abren todo, luego llegan otros y lo cierran. Es muy difícil.

Ni Poirot ni el coronel Arbuthnot le prestaron la menor atención.

—Ahora, señor, haga retroceder su imaginación —dijo animosamente Poirot—. Hacía frío afuera. Ustedes habían regresado al tren. Volvieron a sentarse. Se pusieron a fumar. ¿Quizá cigarrillos, quizás una pipa?

Hizo una pausa de una fracción de segundo.

—Yo, una pipa. MacQueen, cigarrillos —aclaró el coronel.

—El tren reanudó la marcha. Usted fumaba su pipa. Hablaron de la situación en Europa... del mundo. Era tarde ya. La mayoría de la gente se había retirado a descansar. Alguien pasó por delante de la puerta... ¿recuerda?

Arbuthnot frunció el entrecejo en su esfuerzo por recordar.

—Es difícil —murmuró—. Mi atención estaba distraída en aquel momento.

—Pero usted tiene, para los detalles, las dotes de observación de un militar. Usted observa sin observar, como si dijéramos.

El coronel volvió a reflexionar, pero sin mejor resultado.

—No recuerdo —dijo— que nadie pasase por el pasillo, excepto el encargado. Espere un momento... me parece que también pasó una mujer.

—¿La vio usted? ¿Era vieja... joven?

—No la vi. No estaba mirando en aquella dirección. Sólo recuerdo un roce y una especie de fragancia.

—¿Un perfume, quizá? ¿Un perfume *caro*?

—Más bien fuerte, ¿sabe a qué me refiero? A uno de esos perfumes que se huelen a cien yardas. Pero no olvide usted —añadió el coronel apresuradamente— que esto pudo ser a hora más temprana de la noche. Fue, como usted acaba de decir, una de esas cosas que se observan sin observarlas. Yo me diría a cierta hora de aquella noche: «Mujer... perfume... ¡Qué fragancia!» Pero no puedo estar seguro de *cuándo* fue, sólo puedo decir que... ¡Oh, sí! Tuvo que ser después de Vincovci.

—¿Por qué?

—Porque recuerdo que percibí el aroma cuando estábamos hablando del completo derrumbamiento del Plan Quinquenal de Stalin. Ahora sé que la idea «mujer» me trajo a la imaginación la situación de las mujeres en Rusia. Y sé también que no abordamos el tema de Rusia hasta casi al final de nuestra conversación.

—¿No puede usted concretar más?

—No... no. Debió ser dentro de la última media hora.

—¿Fue después de la detención del tren?

—Sí, estoy casi seguro.

—Bien, dejemos eso. ¿Ha estado alguna vez en América, coronel Arbuthnot?

—Nunca. No quise ir.

—¿Conoció usted en alguna ocasión al coronel Armstrong?

—Armstrong... Armstrong... He conocido dos o tres Armstrong. Había un Tommy Armstrong en el sesenta. ¿Se refiere usted a él? Y Salby Armstrong... que fue muerto en el Somme.

—Me refiero al coronel Armstrong, que se casó con una norteamericana y cuya hija única fue secuestrada y asesinada.

—¡Ah, sí! Recuerdo haber leído eso. Feo asunto. Al coronel no llegué a conocerle, pero he oído hablar de él. Tommy Armstrong. Buen muchacho. Todos le querían. Hizo una carrera muy distinguida. Ganó la cruz Victoria.

—El hombre asesinado anoche era el responsable del asesinato de la hija del coronel Armstrong.

El rostro de Arbuthnot se ensombreció.

—Entonces, en mi opinión, el miserable merecía lo que

le sucedió. Aunque yo hubiera preferido verle ahorcado, o electrocutado como se estila allí.

—¿Es que prefiere usted la ley y el orden a la venganza privada?

—Lo que sé es que no es posible andar apuñalándonos unos a otros como corsos o mafiosos. Dígase lo que se quiera, el juicio por jurados es un buen sistema.

Poirot le miró unos minutos pensativo.

—Sí —dijo—. Estaba seguro de que ése sería su punto de vista. Bien, coronel Arbuthnot, me parece que no tengo nada más que preguntarle. ¿No recuerda usted nada que le llamase anoche la atención de algún modo... o que, pensándolo bien, le parezca ahora sospechoso?

Arbuthnot reflexionó unos momentos.

—No —dijo—. Nada en absoluto. A menos que...

—Continúe, se lo ruego.

—En realidad, no es nada. Se trata de *algo* que usted ha mencionado.

—Sí, sí, prosiga.

—Un mero detalle... Al volver a mi compartimiento me di cuenta de que el siguiente al mío, el del final...

—Sí, el dieciséis.

—Bien, pues no tenía la puerta completamente cerrada. Y el individuo que estaba dentro miraba de una manera furtiva por la rendija. Luego cerró la puerta rápidamente. Sé que no tiene nada de particular, pero me pareció algo extraño. Quiero decir que es completamente normal abrir una puerta y asomar la cabeza para ver algo, pero fue el modo furtivo lo que me llamó la atención.

—Es natural —dijo Poirot, no muy convencido.

—Ya le dije que es un detalle insignificante —repitió Arbuthnot, disculpándose—. Pero ya sabe usted que a primera hora de la mañana todo está muy silencioso... y este detalle ofrecía un aspecto siniestro... como en una novela de detectives. Una tontería, realmente.

Se puso en pie dispuesto a marcharse, y, decidido, dijo:

—Bien, si no me necesitan para nada más...

—Gracias, coronel Arbuthnot; nada más por ahora.

El coronel titubeó un momento. Su natural repugnancia a ser interrogado por extranjeros se había evaporado.

—En cuanto a miss Debenham —dijo con cierta timidez—, pueden ustedes creerme que es toda una dama. Respondo de ella. Es una *pukka sahib*.

Enrojeció ligeramente y se retiró.

—¿Qué es una *pukka sahib*? —preguntó el doctor Constantine con interés.

—Significa —dijo Poirot— que el padre y los hermanos de miss Debenham se educaron en la misma escuela que el coronel Arbuthnot.

—¡Oh! —exclamó el doctor Constantine, decepcionado—. Entonces no tiene nada que ver con el crimen.

—Exactamente —dijo Poirot.

Quedó abstraído, tamborileando ligeramente sobre la mesa. Luego levantó la mirada.

—El coronel Arbuthnot fuma en pipa —dijo—. En el compartimiento de mister Ratchett yo encontré un limpiapipas. Mister Ratchett fumaba solamente cigarros.

—¿Cree usted que...?

—Es el único que ha confesado hasta ahora que fuma en pipa. Y ha oído hablar del coronel Armstrong. Quizá realmente le conocía, aunque no quiere confesarlo.

—¿Así que cree usted posible...?

Poirot movió violentamente la cabeza.

—Todo lo contrario, precisamente... Es *imposible*... completamente imposible que un inglés, honorable y ligeramente necio, apuñale a un amigo doce veces con un cuchillo. ¿No comprenden ustedes, amigos míos, que esto es imposible?

—Esto es psicología —rió monsieur Bouc.

—Y la psicología hay que respetarla. Este crimen lleva

una firma y no es precisamente la del coronel Arbuthnot. Pero vamos ahora a nuestro siguiente interrogatorio.

Esta vez monsieur Bouc no mencionó al italiano. Pero se acordó de él.

Capítulo IX

DECLARACIÓN DE MISTER HARDMAN

El último de los viajeros de primera clase que debía sufrir el interrogatorio era mister Hardman, el corpulento y extravagante norteamericano que había compartido la mesa con el italiano y el criado.

Vestía un terno muy llamativo, una camisa rosa, un alfiler de corbata deslumbrante y daba vueltas a algo en la boca cuando entró en el vagón restaurante. Tenía su rostro mofletudo y una expresión jovial.

—Buenos días, señores —saludó—. ¿En qué puedo servirles?

—Le supongo a usted enterado del asesinato ocurrido, mister... Hardman.

—¡*Claro!* —contestó el norteamericano, removiendo la goma de mascar.

—Necesitamos interrogar a todos los viajeros del tren.

—Por mí, perfecto. Es el único modo de aclarar el asunto.

Poirot consultó el pasaporte que tenía delante.

—Usted es Cyrus Bethman Hardman, súbdito de Estados Unidos, de cuarenta y un años de edad, viajante, vendedor de cintas para máquinas de escribir.

—*Okay*, ése soy yo.

—¿Se dirige usted de Estambul a París?

—Así es.

—¿Motivos?

—Negocios.

—¿Viaja usted siempre en primera clase, mister Hardman?

—Sí, señor. La casa me paga los gastos.

Hizo un guiño.

—Ahora, mister Hardman, háblenos de los acontecimientos de la noche pasada.

El norteamericano sacudió la cabeza.

—¿Qué puede usted decirnos del asunto?

—Exactamente nada.

—¡Qué lástima! Quizá quiera usted explicarnos, también exactamente, qué hizo la noche pasada a partir de la hora de la cena.

Por primera vez el norteamericano pareció no tener a punto la respuesta.

—Perdónenme, caballeros —contestó al fin—; pero, ¿quiénes son ustedes? Pónganme al corriente.

—Le presento a usted a monsieur Bouc, director de la *Compagnie Internationale des Wagons Lits*. Este otro caballero es el doctor que examinó el cadáver.

—¿Y usted?

—Yo soy Hércules Poirot. Estoy designado por la compañía para investigar este asunto.

—He oído hablar de usted —dijo mister Hardman. Luego reflexionó durante unos instantes. Al fin dijo—: Lo mejor será que hable claro.

—Me parece, en efecto, muy conveniente para usted —dijo Poirot.

—Habría usted dicho una gran verdad si hubiese algo que *yo supiese*. Pero no sé nada en absoluto, como dije antes. No obstante, yo tendría que *saber algo*. Esto es lo que me disgusta, que tendría que *saberlo*.

—Tenga la bondad de explicarse, mister Hardman.

Mister Hardman suspiró, se sacó el chicle de la boca y se lo guardó en un bolsillo. Al mismo tiempo toda su personalidad pareció sufrir un cambio, se transformó en un personaje menos cómico y más real. Las resonancias nasales de su voz se modificaron también profundamente.

—Ese pasaporte está un poco alterado —dijo—. He aquí quién realmente soy.

Mr CYRUS B. HARDMAN
Agencia de detectives McNeil
Nueva York

Poirot conocía el nombre. Era una de las más conocidas y famosas agencias de detectives particulares de Nueva York.

—Sepamos ahora lo que esto significa, mister Hardman —dijo Poirot.

—Claro. Ocurrió así. He venido a Europa siguiendo la pista de una pareja de estafadores que nada tienen que ver con este asunto. La caza terminó en Estambul. Telegrafié al jefe y me ordenó que regresara. Me encontraba en camino para mi pequeña y vieja Nueva York, cuando recibí esto.

Entregó a Poirot una carta.

Llevaba el membrete del hotel Tokatlian.

«Muy señor mío: Me han informado que usted es miembro de la agencia de detectives McNeil. Tenga la bondad de presentarse en mis habitaciones esta tarde a las cuatro.

Firmada: S.E.Ratchett.»

—*Eh bien?*

—Me presenté a la hora indicada y mister Ratchett me

informó de la situación. Me enseñó un par de cartas que había recibido.

—¿Estaba alarmado?

—Fingía no estarlo, pero se adivinaba que sí lo estaba. Me hizo una proposición. Yo debía viajar en el mismo tren que él hasta Parrus y cuidar de que nadie le agrediese. Y eso hice, caballeros: *viajé* en el mismo tren y, a pesar mío, *alguien* le mató. Esto es lo que me tiene disgustado. No he desempeñado un lucido papel, ciertamente.

—¿Le indicó a usted lo que debía hacer?

—¡Claro! Lo tenía todo estudiado. Su idea era que yo viajase en el compartimiento inmediato al suyo... pero no pudo ser. Lo único que logré conseguir fue el compartimiento número dieciséis y me costó bastante trabajo. Sospecho que el encargado se lo reservaba para sus trapicheos. Pero no tiene importancia. A mí me pareció que el compartimiento dieciséis ocupaba una excelente posición estratégica. Delante del coche cama de Estambul sólo había el vagón restaurante y la puerta de la plataforma estaba cerrada de noche. El único sitio por donde podría entrar un asesino era la puerta trasera de la plataforma o por la parte posterior del tren, y en uno u otro caso tenía que pasar por delante de mi compartimiento.

—Supongo que no tendría usted idea de la identidad del posible asaltante.

—Conocía su aspecto. Mister Ratchett me lo había descrito.

—¿Cómo?

Los tres hombres se inclinaron ávidamente hacia delante.

Hardman prosiguió:

—Un individuo pequeño, moreno, con voz atiplada... así me lo describió el viejo. Dijo también que no creía que sucediera nada la primera noche. Era más probable que se decidiera a dar el golpe en la segunda o tercera.

—Él sabía algo —afirmó monsieur Bouc.

—Ciertamente que sabía más de lo que dijo a su secretario —confirmó pensativo Poirot—. ¿Le contó a usted algo de su enemigo? ¿Le dijo, por ejemplo, por qué estaba amenazada su vida?

—No; más bien se mostró reticente en ese punto. Dijo únicamente que el individuo estaba decidido a matarlo y que no dejaría de intentarlo.

—Un individuo bajo, moreno, con una voz atiplada... —repitió Poirot.

Luego, lanzando a Hardman una penetrante mirada, prosiguió:

—Usted, por supuesto, sabía quién era.

—¿Quién, señor?

—Ratchett. ¿Le conoció usted?

—No le comprendo.

—Ratchett era Cassetti, el asesino del caso Armstrong.

Mister Hardman lanzó un prolongado silbido.

—¡Eso es ciertamente una sorpresa! —exclamó—. ¡Y de las grandes! No, no le reconocí. Yo estaba en el Oeste cuando ocurrió aquel suceso. Supongo que vería fotos de él en los periódicos, pero yo no reconocería a mi propia madre en un retrato de prensa. Poca gente reconocería a Cassetti, estoy seguro.

—¿Conoce usted a alguien relacionado con el caso Armstrong, que responda a esa descripción: bajo, moreno y con voz atiplada?

Hardman reflexionó unos momentos.

—Es difícil de contestar. Casi todos los relacionados con aquel caso han muerto.

—Había aquella muchacha que se arrojó por la ventana, ¿recuerda?

—Claro. Era extranjera... de no sé dónde. Quizá tuviese origen italiano. Pero usted tiene también que recordar que hubo otros casos además del de Armstrong. Cassetti llevaba explotando algún tiempo el negocio de los secuestros. Usted no puede fijarse en el caso de la familia Armstrong solamente.

—¡Ah! Pero es que tenemos razones para creer que este crimen está relacionado con él.

Mister Hardman le miró confuso mientras Poirot aguardaba. El norteamericano sacudió la cabeza.

—Pues no puedo recordar a nadie de esas señas complicado en el caso Armstrong —dijo pausadamente—. Claro que no intervine en él y no estoy muy enterado.

—Bien, continúe usted su relato, mister Hardman.

—Queda poco por decir. Yo dormía durante el día y permanecía despierto por la noche, vigilando. No sucedió nada sospechoso durante la primera noche. La pasada tampoco noté nada anormal, y eso que tenía mi puerta entreabierta para observar. No pasó ningún desconocido por allí.

—¿Está convencido de eso, mister Hardman?

—Completamente seguro. Nadie subió al tren desde el exterior y nadie atravesó el pasillo procedente de los coches posteriores. Puedo jurarlo.

—¿Podía usted ver al encargado del coche cama desde su puesto de observación?

—Seguro. Estaba sentado en aquella pequeña banqueta, casi junto a mi puerta.

—¿Abandonó alguna vez aquel asiento desde que se detuvo el tren en Vincovci?

—¿Fue ésta la última estación? ¡Oh, sí! Contestó a un par de llamadas, casi inmediatamente después de detenerse el tren. Luego pasó por delante de mí para dirigirse al coche posterior y estuvo en él como cosa de un cuarto de hora. Sonaba furiosamente un timbre y acudió corriendo.

»Salí al pasillo para ver de qué se trataba, pues me sentía un poco nervioso, ¿comprende? Pero era solamente la dama norteamericana. La buena señora armó un escándalo a propósito de no sé qué. El encargado se dirigió después a otro compartimiento y fue a buscar una botella de agua mineral para alguien. Luego volvió a ocupar su asiento hasta que le llamaron del otro extremo para hacer la cama a no sé quién. No creo que se moviese ya hasta las cinco de esta mañana.

—¿Se quedó dormido?

—No lo sé. Quizá sí.

Poirot jugaba automáticamente con los papeles que tenía en la mesa. Sus manos cogieron una vez más la tarjeta de Hardman.

—Tenga la bondad de poner aquí su dirección —dijo—. Supongo que no habrá nadie que pueda confirmar la historia de su identidad.

—¿Aquí, en el tren? Creo que no. A menos que se preste a ello el joven MacQueen. Yo le conozco bastante, porque le he visto en la oficina de su padre, en Nueva York, pero no sé si él me recordará. Lo más seguro, monsieur Poirot, es que tenga usted que cablegrafiar a Nueva York cuando lo permita la nieve. Pero esté tranquilo. No le he mentido en nada. Bien, caballeros, hasta la vista. Encantado de haberle conocido, monsieur Poirot.

Poirot sacó su pitillera.

—Quizá prefiera usted una pipa —dijo, ofreciéndosela.

—No yo —contestó. Y abandonó el salón.

Los tres hombres se miraron unos a otros.

—¿Cree usted que ha sido sincero? —preguntó el doctor Constantine.

—Sí, sí. Conozco el tipo. Además, es una historia que será fácil comprobar.

—Nos ha facilitado una evidencia interesante —dijo monsieur Bouc.

—Sí, en efecto.

—Un individuo bajo, moreno, con voz atiplada —repitió pensativo.

—Descripción que no se amolda a ninguno de los viajeros del tren —dijo pensativo Poirot.

CAPÍTULO X

DECLARACIONES DEL ITALIANO

Y ahora —dijo Poirot, haciendo un guiño— ensancharemos el corazón a monsieur Bouc y llamaremos al italiano.

Antonio Foscarelli entró en el vagón restaurante con paso rápido y felino. Tenía un típico rostro italiano, carilleno y moreno. Hablaba bien el francés, con sólo un ligero acento.

—¿Su nombre es Antonio Foscarelli?

—Sí, señor.

—Tengo entendido que usted se ha nacionalizado norteamericano.

—Sí, señor. Es mejor para mi negocio.

—¿Es usted agente de la «Ford»?

—Sí, verá usted...

Siguió una voluble exposición, al final de la cual los tres hombres quedaron enterados de los procedimientos de venta de Foscarelli, de sus viajes, de sus ingresos y de su opinión sobre Estados Unidos. Los demás países europeos le parecían un factor casi despreciable. No había que sacarle las palabras a la fuerza; las vomitaba a chorros voluntariamente. Su rostro bonachón e infantil resplandecía de satisfacción cuando, con un último gesto elocuente, hizo una pausa y se enjugó la frente con un pañuelo.

—Ya ven ustedes —dijo— que mi negocio es importante. Soy un hombre moderno. ¡No hay secretos para mí en cuestión de ventas!

—¿Lleva usted entonces en Estados Unidos algo más de diez años?

—Sí, señor. ¡Ah, cómo recuerdo el día en que me embarqué para América, que me parecía tan lejos! Mi madre, mi hermanita...

Poirot le cortó la oleada de recuerdos.

—Durante su estancia en Estados Unidos, ¿tropezó alguna vez con el difunto?

—Nunca. Pero conozco el tipo. ¡Oh, sí! —añadió chasqueando expresivamente los dedos—. Muy respetable, muy bien trajeado, pero por dentro todo está podrido. O mucho me engaño o éste era un gran pillo. Le doy a usted mi opinión por lo que valga.

—Su opinión es muy acertada —dijo Poirot lacónicamente—. Ratchett era Cassetti, el secuestrador.

—¿Qué le dije a usted? He aprendido a ser muy perspicaz... a leer las caras. Es necesario. Solamente en Norteamérica le enseñan a uno la manera cómo hay que vender.

—¿Recuerda usted el caso Armstrong?

—No del todo. Me parece que secuestraron a una chiquilla, una criaturita... ¿no es eso?

—Sí, un caso muy trágico.

—Esas cosas sólo suceden en las grandes civilizaciones como Norteamérica...

Poirot le interrumpió.

—¿Conoció usted a algún miembro de la familia Armstrong?

—No, no lo creo. Aunque es posible, porque trata uno con tanta gente... Le daré a usted algunas cifras. Solamente el último año vendí...

—Señor, tenga la bondad de ceñirse al caso.

Las manos del italiano se agitaron en gesto de disculpa.

—Mil perdones.

—Dígame usted qué hizo la noche pasada, después de cenar.

—Con mucho gusto. Permanecí en el vagón restaurante todo el tiempo que pude. Es muy divertido. Hablé con el señor norteamericano, compañero de mesa. Vende cintas para máquinas de escribir. Después volví a mi compartimiento. Estaba vacío. El vil «John Bull» que lo comparte conmigo había ido a atender a su amo. Al fin regresó... con la cara muy larga, como de costumbre. Casi nunca me habla; sólo dice que sí y no. Raza despreciable, la inglesa... nada compasivos. Se sentó en un rincón, muy tieso, leyendo un libro. Luego entró el encargado y nos hizo las camas.

—Números cuatro y cinco —murmuró Poirot.

—Exactamente... el último compartimiento. Mi litera es la de arriba. Me acosté, fumé y leí. El inglesito tenía, según creo, dolor de muelas. Sacó un frasco de un líquido que olía muy fuerte. Luego se echó en la cama y gimió. Yo me quedé completamente dormido. Cuando me desperté, aún seguía gimiendo.

—¿Sabe usted si abandonó el compartimiento durante la noche?

—No lo creo. Lo tendría que haber oído. En cuanto entra la luz del pasillo, se despierta uno automáticamente, pensando que es el control de aduanas de alguna frontera.

—¿Habla alguna vez de su amo? ¿Se expresa a veces ominosamente contra él?

—Le repito a usted que apenas habla. No es que sea despreciable, sólo es un tipo raro.

—Dice usted que estaba fumando. ¿Pipa, cigarrillo o cigarros?

—Solamente cigarrillos.

Poirot le ofreció uno, que aceptó.

Capítulo XI

DECLARACIÓN DE MISS DEBENHAM

Cuando Mary Debenham entró en el comedor, confirmó el juicio que Poirot había formado de ella.

Iba correctamente vestida con una falda negra y una blusa gris de gusto francés; las ondas de sus oscuros cabellos parecían hechas con molde, sin un solo pelo rebelde, y sus modales, tranquilos e imperturbables, estaban a tono con sus cabellos.

Se sentó frente a Poirot y monsieur Bouc, y los miró interrogadoramente.

—¿Se llama usted Mary Hermione Debenham, de veintiséis años de edad? —empezó preguntando Poirot.

—Sí.

—¿Inglesa?

—Sí.

—¿Tiene la bondad de escribir su residencia fija en este pedazo de papel?

Miss Debenham lo hizo así. Su letra era clara y legible.

—Y ahora, señorita, ¿qué tiene usted que decirnos de lo ocu... anoche?

de la ...gunta era claramente inesperada. Los grises ojos —N... mostraron su extrañeza.

—Si... o de comprenderle a usted.

...rgo, mi pregunta ha sido sencillísima, señorita. La repetiré: ¿Está usted muy disgustada porque haya cometido un crimen en este tren?

—Realmente, no había pensado en él desde ese punto de vista. La verdad es que no puedo decir que esté afligida ni disgustada.

—¿Considera usted un crimen como una cosa corriente?

—Naturalmente, es algo desagradable que ocurre de vez en cuando —dijo Mary Debenham con toda tranquilidad.

—Es usted muy anglosajona, señorita. *Vous n'éprouvez pas d'emotion.*

La joven sonrió ligeramente.

—Lo que pasa es que no utilizo el histerismo para demostrar mi sensibilidad. Por otra parte, la gente muere todos los días.

—Muere, sí. Pero el asesinato es un poco más raro.

—Oh, ciertamente.

—¿Conocía usted al hombre muerto?

—Lo vi por primera vez cuando comimos ayer aquí.

—¿Y qué le pareció a usted?

—Apenas me fijé en él.

—¿No le pareció a usted un personaje siniestro?

La joven se encogió ligeramente de hombros.

—En realidad, no puedo decir nada al respecto.

Poirot le lanzó una penetrante mirada.

—Me parece que siente usted cierto desprecio por el modo que tengo de llevar mis investigaciones —dijo sonriendo—. De ser así, piense usted cómo las llevaría un inglés. Un inglés se atendría únicamente a los hechos y procedería ordenada y metódicamente como si se tratase de un negocio. Pero yo tengo mis pequeñas originalidades, señorita. Primero miro a mi personaje, procurando formarme una idea de su carácter y formulo mis preguntas de acuerdo con él. Hace apenas un minuto interrogué a un caballero que quería exponerme sus muchas ideas

...stiones. Bien, pues, le hice ceñirse estrictamente a un ...olo punto. Le obligué a contestar sí o no, esto o aquello. Luego se ha presentado usted y en seguida me he dado cuenta de que es ordenada y metódica, de que sus respuestas serían breves y precisas. Pero como la naturaleza humana es perversa, señorita, le he hecho a usted preguntas completamente inesperadas. Necesito saber lo que _siente_ y lo que _piensa_ con certeza. ¿No le agrada a usted este método?

—Si me lo permite usted, le diré que me parece una pérdida de tiempo. Que a mí me agradase o no el rostro de mister Ratchett, no parece que pueda contribuir a descubrir quién lo mató.

—¿Sabe usted quién era realmente mister Ratchett, señorita?

La joven hizo un gesto afirmativo.

—Mistress Hubbard lo anda diciendo a todo el mundo.

—¿Y qué opina usted del asunto Armstrong?

—Fue completamente abominable —dijo enérgicamente la joven.

Poirot la miró pensativo.

—¿Viene usted de Bagdad, miss Debenham?

—Sí.

—¿Va usted a Londres?

—Sí.

—¿Qué estuvo haciendo usted en Bagdad?

—He sido institutriz de dos niños.

—¿Regresará usted a su ocupación después de estas vacaciones?

—No estoy segura.

—¿Por qué?

—...dad no acaba de agradarme. Preferiría una ocupación ...Londres, si encontrase algo que me conviniera.

Miss ...endo. Creí que quizá fuese usted a casarse.

...nham no contestó. Levantó los ojos y miró a

Poirot en pleno rostro. Aquella mirada decía con toda claridad: «Es usted un impertinente.»

—¿Qué opinión tiene usted sobre la señorita con quien comparte su compartimiento... miss Ohlsson?

—Parece una criatura simpática y sencilla.

—¿De qué color es su bata?

Mary Debenham pareció asombrarse.

—Una especie de color pardusco... de lana pura.

—¡Ah! Espero que podré mencionar sin indiscreción que me fijé en el color de su bata de usted en el trayecto de Alepo a Estambul. Un malva pálido, según creo.

—Sí, así es.

—¿Tiene usted alguna otra bata, señorita? ¿Una bata escarlata, por ejemplo?

—No, ésa no es mía —contestó resuelta miss Mary.

Poirot se inclinó como un gato que va a echar la zarpa a un ratón.

—¿De quién, entonces?

La joven se echó un poco hacia atrás, desconcertada.

—No sé lo que quiere usted decir.

—Usted no ha dicho: «No tengo tal cosa.» Usted dice: «ésa no es mía.», con lo que da a entender que tal cosa *debe pertenecer* a alguien. ¿A quién?

Ella asintió con la cabeza.

—¿A alguien de este tren? —inquirió Poirot.

—Sí.

—¿Quién...?

—Acabo de decírselo. No lo sé. Esta mañana me desperté a eso de las cinco con la sensación de que el tren llevaba parado largo tiempo. Abrí la puerta y me asomé al pasillo, pensando que quizás estuviéramos en al otra estación. Entonces vi a alguien con quimono escarlata al otro extremo del pasillo.

—¿Y no sabe usted quién era? ¿Era una mujer rubia, morena o con los cabellos grises?

—No lo puedo decir. Llevaba puesto un gorrito y sólo vi ı parte posterior de su cabeza.

—¿Y la figura?

—Alta y delgada, me pareció, pero no estoy muy segura. El quimono estaba bordado con dragones.

—Sí, sí, eso es, dragones.

Poirot guardó silencio un momento, y pensó: «No lo comprendo. No lo comprendo. Nada de esto tiene sentido.»

—No necesito detenerla más, señorita —dijo en voz alta, mirándola fijamente.

—Oh. —La joven se puso en pie desconcertada. Pero ya en la puerta, titubeó un momento y volvió sobre sus pasos.

—La muchacha sueca... miss Ohlsson, ¿sabe? Parece algo preocupada. Dice que usted le aseguró que ella fue la última persona que vio vivo a ese hombre. Y cree que usted sospecha de ella por ese motivo. ¿Puedo decirle que está equivocada? Realmente, es una criatura incapaz de hacer daño a una simple mosca.

La joven sonreía débilmente mientras hablaba.

—¿A qué hora fue a buscar aspirinas al compartimiento de mistress Hubbard?

Poco después de las diez y media.

—¿Cuánto tiempo estuvo fuera?

—Unos cinco minutos.

—¿Volvió a abandonar el compartimiento durante la noche?

—No.

P. rot se volvió al doctor.

El ᵈo Ratchett ser asesinado a esa hora?

—E or hizo un gesto negativo.

amiga, ᶜes creo que puede usted tranquilizar a su

—Gracita.

sonrió ella de pronto, con una sonrisa que

invitaba a la simpatía—. Es como una ovejita. Se intran-
quiliza y bala.

Dicho esto, se volvió y salió.

Capítulo XII

DECLARACIÓN DE LA DONCELLA ALEMANA

Monsieur Bouc miró a su amigo, con curiosidad.

—No le comprendo del todo, *mon vieux*. ¿Cuál ha sido el objeto de su extraño interrogatorio a miss Debenham?

—He tratado de encontrar una falla.

—¿Una falla?

—Sí... en la armadura de seriedad de esa joven. Necesitaba quebrantar su sangre fría. ¿Lo logré? No lo sé. Pero de lo que si estoy convencido es de que ella no esperaba que yo abordase el asunto de aquel modo.

—Usted sospecha de ella —dijo lentamente monsieur Bouc—. ¿Por qué? Parece una joven encantadora... y la última persona del mundo en quien yo pensaría que estuviese complicada en un crimen de esa clase.

—De acuerdo —dijo Constantine—. Es una mujer fría, sin emociones. No apuñalaría a un hombre; lo demandaría ante los tribunales.

Poirot suspiró.

—Deben ustedes deshacerse de su obsesión de que éste es un crimen premeditado e imprevisto. En cuanto a las razones que me hacen sospechar de miss Debenham, existen dos. Una de ellas es algo que tuve ocasión de escuchar y que ustedes no conocen todavía.

Poirot contó a sus amigos el curioso intercambio de frases que había sorprendido en su viaje desde Alepo.

—Es curioso, ciertamente —dijo monsieur Bouc, cuando hubo terminado—. Pero necesita explicación. Si significa lo que usted supone, tanto ella como el estirado inglés están complicados en el asunto.

Poirot hizo un gesto de conformidad.

—Pero eso es precisamente lo que los hechos no demuestran de modo alguno —dijo—. Si ambos estuviesen implicados, lo que cabría esperar es que cada uno de ellos proporcionase la coartada del otro. ¿No es así? Pues nada de eso ha sucedido. La coartada de miss Debenham está atestiguada por una mujer sueca a quien ella no ha visto nunca, y la del coronel Arbuthnot lo está por la declaración de MacQueen, el secretario del hombre muerto. No, esa solución que ustedes imaginan es demasiado sencilla.

—Dijo usted que había otra razón para sospechar de ella —le recordó monsieur Bouc.

Poirot sonrió.

—¡Ah! Pero es solamente psicológica. Me pregunto si es posible que miss Debenham haya planeado este crimen. Estoy convencido de que detrás de este asunto se oculta un cerebro frío, inteligente y fértil en recursos. Miss Debenham responde a esta descripción.

—Creo que está usted equivocado, amigo mío —replicó monsieur Bouc—. No veo motivos para tomar a esa joven inglesa por una criminal.

—Ya veremos —dijo Poirot, recogiendo el último pasaporte—. Vamos ahora con el último nombre de nuestra lista: Hildegarde Schmidt, la doncella.

Avisada por el empleado, entró Hildegarde Schmidt en el vagón restaurante y se quedó en pie, respetuosamente.

Poirot le indicó que se sentase.

La doncella lo hizo así, entrelazó las manos sobre el regazo y esperó plácidamente a que se le preguntase. Parecía una pacífica criatura, exageradamente respetuosa y quizá no demasiado inteligente.

El método que empleó Poirot con Hildegarde Schmidt estuvo en completo contraste con el que había empleado con Mary Debenham.

Sus palabras cordiales y bondadosas acabaron de tranquilizar a la mujer. Entonces le hizo escribir su nombre y dirección y procedió a interrogarla suavemente.

El interrogatorio tuvo lugar en alemán.

—Deseamos saber todo lo posible acerca de lo ocurrido la pasada noche —dijo—. Comprendemos que no nos podrá usted dar muchos detalles sobre el crimen en sí, pero puede haber visto u oído algo que, sin significar nada para usted, quizá sea valiosísimo para nosotros. ¿Comprende?

No parecía haber comprendido. Su ancho y bondadoso rostro siguió con expresión de plácida estupidez.

—Yo no sé nada, señor —contestó.

—Bien, ¿sabe usted, por ejemplo, que su señora la mandó llamar la noche pasada?

—Eso sí, señor.

—¿Recuerda usted la hora?

—No, señor. Estaba dormida cuando llegó el empleado a llamarme.

—Bien, bien. ¿Está usted acostumbrada a que la llamen de ese modo?

—Sí, señor. Mi señora necesita con frecuencia ayuda por la noche. No duerme bien.

—*Eh, bien*. Quedamos, pues, en que recibió usted la llamada y se levantó. ¿Se puso usted una bata?

—No, señor. Me puse alguna ropa. No me gusta presentarme en bata ante Su Excelencia.

—Y, sin embargo, es una bata muy bonita... escarlata, ¿no es cierto?

Ella le miró asombrada.

—Es una bata de franela azul oscuro, señor.

—¡Ah, perdone! Ha sido una pequeña confusión por mi parte. Estábamos en que acudió usted a la llamada de *madame la princesse*. ¿Y qué hizo usted cuando llegó allá?

—Le di un masaje y luego leí un rato en voz alta. No leo muy bien, pero Su Excelencia dice que lo prefiere. Por eso me llama cuando quiere dormir. Y como me había dicho que me retirara cuando se durmiese, cerré el libro y regresé a mi compartimiento.

—¿Sabe usted qué hora era?

—No, señor.

—Bien, ¿cuánto tiempo estuvo usted con *madame la princesse*?

—Una media hora, señor.

—Bien, continúe.

—Primero le llevé a Su Excelencia una manta de mi compartimiento. Hacía mucho frío a pesar de la calefacción. Le eché la manta encima y ella me dio las buenas noches. Puse a su lado un vaso de agua mineral, apagué la luz y me retiré.

—¿Y después?

—Nada más, señor. Regresé a mi compartimiento y me acosté.

—¿Y no encontró usted a nadie en el pasillo?

—No, señor.

—¿No vio usted, por ejemplo, a una señora con un quimono escarlata con dragones bordados?

Sus dulzones ojos se le quedaron mirando.

—No, por cierto, señor. No había nadie por allí, excepto el empleado. Todo el mundo dormía.

—¿Pero usted vio al encargado?

—Sí, señor.

—¿Qué estaba haciendo?

—Salía de uno de los compartimientos, señor.

—¿Qué? —monsieur Bouc se inclinó hacia delante—. ¿De cuál?

Hildegarde Schmidt pareció asustarse y Poirot lanzó una mirada de reproche a su amigo.

—Naturalmente —dijo éste—. El encargado tiene que contestar a muchas llamadas durante la noche. ¿Recuerda usted de que compartimiento salía?

—De uno situado hacia la mitad del coche. Dos o más allá del de Su Excelencia.

—¡Ah! Tenga la bondad de contarnos exactamente cómo fue lo que sucedió.

—Casi tropezó conmigo, señor. Fue cuando me dirigía al compartimiento de mi señora con la manta.

—¿Y él salió de un compartimiento y casi tropezó con usted? ¿En qué dirección iba?

—Hacia mí, señor. Murmuró unas palabras de disculpa y siguió por el pasillo hacia el vagón restaurante. Estaba sonando un timbre, pero no creo que lo contestase. —Hizo una pausa y añadió—: No comprendo. ¿Por qué me pregunta...?

Poirot se apresuró a tranquilizarla.

—Se trata de una mera comprobación de tiempo. Todo es cuestión de rutina. Ese pobre encargado parece haber tenido una noche muy ocupada. Primero tuvo que despertarla a usted, luego atender a los timbres...

—No era el mismo encargado que me despertó, señor. Era otro.

—¡Ah, otro! ¿Y le había visto alguna otra vez?

—No, señor.

—¿Lo reconocería usted si lo volviera a ver?

—Creo que sí, señor.

Poirot murmuró algo al oído de monsieur Bouc. Este se levantó y se dirigió hacia la puerta para dar una orden.

Poirot continuó su interrogatorio empleando sus maneras más amables.

—¿Ha estado usted alguna vez en Norteamérica, frau Schmidt?

—Nunca, señor. Debe ser un hermoso país.

—¿Se ha enterado usted de quién era realmente el hombre asesinado? Es el responsable de la muerte de una chiquilla.

—Sí, algo he oído, señor. Fue un hecho abominable... monstruoso. El buen Dios no debía permitir tales cosas. En Alemania no somos tan malvados.

Asomaban las lágrimas a los ojos de la mujer. Sus sentimientos maternales se revelaban impetuosos.

—Fue un crimen abominable —dijo gravemente Poirot. —Sacó un pañuelo de batista de su bolsillo y se lo entregó—. ¿Es suyo este pañuelo, frau Schmidt?

Hubo un momento de silencio mientras la mujer lo examinaba.

—No es mío, señor —dijo al fin, ligeramente arrebolado el rostro.

—Observe usted que tiene bordada la inicial «H». Por eso creí que sería suyo.

—¡Ah, señor! Un pañuelo para una gran señora. Un pañuelo muy caro. Está bordado a mano. Seguramente, hecho en París.

—¿No sabe usted de quién es?

—¿Yo? ¡Oh, no, señor!

De los tres hombres que escuchaban, solamente Poirot percibió un ligero titubeo en la contestación de la mujer.

Monsieur Bouc musitó algo en su oído. Poirot asintió y, dirigiéndose a la mujer, dijo:

—Van a venir los tres empleados de los coches cama. ¿Tendrá usted la bondad de decirme cuál es el que vio usted la noche pasada cuando se dirigía con la manta al compartimiento de la princesa?

Entraron los tres hombres. Pierre Michel, el rubio y corpulento encargado del coche Atenas-París y el no menos corpulento del de Bucarest.

Hildegarde Schmidt los miró e inmediatamente movió la cabeza.

—No, señor —dijo—. Ninguno de estos hombres es el que vi anoche.

—Pues éstos son los únicos encargados del tren. Tiene usted que estar equivocada.

—Estoy completamente segura, señor. Estos son todos altos y corpulentos. El que yo vi era bajo y moreno. Tenía un pequeño bigote. Y cuando me dijo «*Pardon*», noté que su voz era como de mujer. Lo recuerdo perfectamente, señor.

Capítulo XIII

RESUMEN DE LAS DECLARACIONES DE LOS VIAJEROS

Un individuo bajo y moreno, con voz de mujer —repitió monsieur Bouc.

Los tres encargados, así como Hildegarde Schmidt, se habían retirado.

Monsieur Bouc hizo un gesto de desesperación.

—¡No comprendo nada... nada en absoluto! ¡Resulta que el enemigo del cual habló Ratchett estuvo en el tren! Pero, ¿dónde está ahora? ¿Cómo pudo haberse desvanecido en el aire? Me da vueltas la cabeza. Dígame algo, amigo mío, se lo suplico. ¡Explíqueme cómo lo imposible puede ser posible!

—He aquí una buena frase —dijo Poirot—. Lo imposible no puede haber sucedido; por tanto, lo imposible tiene que ser posible, a pesar de las apariencias.

—Explíqueme entonces brevemente qué sucedió en realidad en el tren.

—No soy brujo, *mon cher*. Soy, como usted, un hombre desconcertado. Este asunto progresa de una manera muy extraña.

—No progresa en absoluto. Permanece donde estaba.

Poirot hizo un gesto negativo.

—No, eso no es cierto. Hemos avanzado. Sabemos ciertas cosas. Hemos escuchado las declaraciones de los viajeros.

—¿Y qué hemos sacado en limpio? Nada en absoluto.

—Yo no diría eso, amigo mío.

—¿Exagero, quizás? El norteamericano Hardman y la doncella alemana... ésos sí que han añadido algo a lo que sabíamos. Es decir, han hecho el asunto más ininteligible de lo que era.

—No, no, no —negó Poirot con energía.

Monsieur Bouc se revolvió contra el optimista Poirot.

—Explíquese, entonces. Oigamos la sabiduría de Hércules Poirot.

—¿No le he dicho que soy, como usted, un hombre desconcertado? Pero al menos podemos enfrentarnos con nuestro problema. Podemos disponer los hechos con orden y método.

—Continúe, señor —dijo Constantine.

Poirot se aclaró la garganta y alisó un pedazo de papel secante.

—Revisemos el caso tal como se encuentra en este momento. En primer lugar, hay ciertos hechos indiscutibles.

—El individuo llamado Ratchett, o Cassetti, recibió doce puñaladas y murió anoche. Este es uno de los hechos.

—Se lo concedo, se lo concedo, *mon vieux* —dijo monsieur Bouc, con un gesto de ironía.

Hércules Poirot no se alteró y continuó tranquilamente:

—Pasaré de momento por alto ciertas peculiaridades que el doctor Constantine y yo hemos discutido ya. Luego me ocuparé de ellas. El segundo hecho de importancia, a mi parecer, es la hora del crimen.

—Esa es también una de las pocas cosas que sabemos —dijo monsieur Bouc—. El crimen cometido a la una y cuarto de esta madrugada. Todo demuestra que fue así.

—*Todo no*. Exagera usted. Hay ciertamente bastantes indicios que apoyan esa hipótesis.

—Celebro que admita usted eso, al menos.

Poirot prosiguió tranquilamente, sin hacer caso a la interrupción.

—Tenemos ante nosotros tres posibilidades. Una: que el crimen fue cometido, como usted dice, a la una y cuarto. Eso está apoyado por el testimonio del reloj, por la declaración de mistress Hubbard y por la de la mujer alemana Hildegarde Schmidt. Y también está de acuerdo con la opinión del doctor Constantine.

»Posibilidad dos: el crimen fue cometido más tarde y el testimonio del reloj fue deliberadamente simulado.

»Posibilidad tres: el crimen fue cometido más temprano y falseado el testimonio del reloj por la misma razón que antes.

»Ahora, si aceptamos la posibilidad número uno como la más probable y mejor apoyada por los indicios, tenemos que aceptar también ciertos hechos que se desprenden de ella, como por ejemplo, si el crimen fue cometido a la una y cuarto, el asesino no pudo abandonar el tren, y surgen estas preguntas: ¿Dónde está? ¿Y *quién* es?

»Examinemos los hechos cuidadosamente. Nos hemos enterado por primera vez de la existencia del hombre bajo y moreno con voz de mujer por la declaración de Hardman. No hay *pruebas* que apoyen esto... tenemos solamente la palabra de Hardman. Examinemos esta cuestión: ¿Es Hardman la persona que dice ser... un miembro de una agencia de detectives de Nueva York?

»Lo que a mí me parece hace más interesante este caso, y es que carecemos de las facilidades de que suele disponer la policía. No podemos investigar la *bona fides* de ninguna de estas personas. Tenemos que confiar solamente en la deducción. Eso, como digo, hace para mí el asunto muchísimo más interesante. No hay trabajo ruti-

nario. Todo es cuestión de intelecto. Y me pregunto:
«¿Podemos aceptar el relato de Hardman?» Respuesta:
«Sí. Soy de la opinión de que *podemos* aceptarlo.»

—¿Usted confía en la intuición... en lo que los norteamericanos llaman «corazonada»? —preguntó el doctor
Constantine.

—Nada de eso. Yo tengo en cuenta las probabilidades.
Hardman viaja con pasaporte falso... y eso le hace en seguida sospechoso. Lo primero que hará la policía, cuando
se presente en escena, es detener a Hardman y cablegrafiar para averiguar lo que hay de cierto en lo que cuenta. En el caso de muchos viajeros será difícil establecer su
bona fides; en la mayoría de los casos no se intentará probablemente, ya que no habrá nada que les haga sospechosos. Pero el caso de Hardman es sencillo. O es la persona que él dice, o no lo es. Opino, por tanto, que todo
cuanto dice puede ser cierto.

—¿Le exime usted entonces de toda sospecha?

—Nada de eso. No me comprende usted. Cualquier detective norteamericano puede tener sus razones particulares para desear asesinar a Ratchett. Pero lo que yo digo es
que creo que *podemos* aceptar lo que Hardman cuenta *de
sí mismo*. Lo que dice de que Ratchett le buscó y le con-
trató no tiene nada de inverosímil, y será probablemente
verdadero. Y si vamos a aceptarlo como cierto, tenemos
que ver si hay algo que lo confirme. Este algo lo encontraremos en un lugar un poco raro... en la declaración de
Hildegarde Schmidt. Su descripción del individuo que vio
con el uniforme de la Compañía se acomoda perfectamente. ¿Hay alguna otra confirmación de los dos relatos?
Las hay. Ahí está el botón encontrado por mistress
Hubbard en su compartimiento. Y hay también otro detalle que lo corrobora y en el que quizá no hayan reparado
ustedes.

—¿Cuál es?

—El hecho de que tanto el coronel Arbuthnot como Hector MacQueen mencionaron que el encargado del coche cama pasó por delante de su compartimiento. Ellos no le concedieron importancia al detalle; pero señores, *Pierre Michel ha declarado que no abandonó su asiento, excepto en determinadas ocasiones*, ninguna de las cuales le obligó a dirigirse al otro extremo del coche pasando por delante del compartimiento en que Arbuthnot y MacQueen estaban sentados.

»Por lo tanto, esta historia, la historia de un individuo bajo y moreno, con voz afeminada, vestido con el uniforme de la Compañía, se basa en el testimonio, directo o indirecto, de cuatro testigos.

—Una pequeña objeción —dijo el doctor Constantine—. Si lo ha dicho por Hildegarde Schmidt, es cierto; ¿cómo es que el verdadero encargado no mencionó haberla visto cuando fue a contestar la llamada de mistress Hubbard?

—Eso está explicado. Cuando el encargado acudió a la llamada de mistress Hubbard, la doncella estaba con su señora. Y cuando la doncella regresaba a su compartimiento, el encargado estaba dentro con mistress Hubbard.

Monsieur Bouc guardó silencio con dificultad hasta que Poirot hubo terminado.

—Sí, sí, amigo mío —dijo entonces impaciente—. Admito su cautela, su método de avanzar paso a paso, pero noto que no ha tocado usted todavía el punto en disputa. Todos estamos de acuerdo en que esa persona existe. Pero la cuestión es... *¿a dónde ha ido?*

Poirot hizo un gesto de reproche.

—Está usted en un error. Tiende usted a poner la carreta delante del caballo. Antes de que yo me pregunte: «*¿Dónde se desvaneció este hombre?*», me pregunto: «*¿Existió realmente este hombre?*» Porque, comprenderán ustedes, que si el individuo fuese una invención, una entelequia, ¡sería mucho más fácil desaparecer! Cabe pensar, pues, que esta persona *es* realmente de carne y hueso.

—Si es así, ¿dónde se encuentra ahora?

—Hay solamente dos respuestas a eso, *mon cher*. O está todavía escondido en el tren, en un lugar extraño que no podemos ni siquiera sospecharlo, o es, por decirlo así, *dos personas*. Es decir, él mismo, el hombre temido por mister Ratchett, y un viajero del tren tan bien disfrazado que mister Ratchett no le reconoció.

—He aquí una buena idea —dijo monsieur Bouc con el rostro radiante—. Pero hay una objeción.

Poirot le quitó la palabra de la boca.

—La estatura del individuo. ¿Es eso lo que iba usted a decir? Con la excepción del criado de mister Ratchett, todos los viajeros son corpulentos... el italiano, el coronel Arbuthnot, Hector MacQueen, el conde Andrenyi. Bien, eso nos deja solamente al criado, lo que es una suposición muy probable. Pero hay otra posibilidad. Recuerden la voz afeminada. Eso nos proporciona toda una serie de alternativas. El hombre pudo disfrazarse de mujer, o viceversa, pudo *ser* realmente una mujer. Una mujer alta, vestida con traje de hombre, parecería baja.

—Pero seguramente Ratchett la habría reconocido...

—Quizá *la conociese*. Quizás esta mujer habría atentado ya contra su vida, vistiendo traje masculino para mejor realizar su propósito. Ratchett pudo sospechar que ella volvería a utilizar el mismo truco y por eso dijo a Hardman que buscase a un hombre. Pero mencionó, no obstante, que con voz de mujer.

—Es una posibilidad —convino monsieur Bouc—. Pero...

—Escuche, amigo mío, voy a revelarle ciertas inconsistencias advertidas por el doctor Constantine.

Poirot expuso minuciosamente las conclusiones a que él y el doctor habían llegado teniendo en cuenta las heridas del hombre muerto. Monsieur Bouc acogió sus palabras con marcada displicencia.

—Sé lo que siente usted —dijo Poirot benévolamente—. Le da vueltas la cabeza, ¿no es cierto?

—Todo eso me parece una fantasía —rezongó monsieur Bouc.

—Exactamente. Es absurdo... improbable... no puede ser. Eso me he dicho yo. Y, sin embargo, amigo mío, ¡*es*! Uno no puede huir de los hechos.

—¡Es una locura!

—Lo es tanto, amigo mío, que a veces me ronda la sensación de que estamos en presencia de algo muy sencillo... Pero ésta es solamente una de mis «pequeñas ideas».

—Dos asesinos —gimió monsieur Bouc—. ¡Y en el Orient Express!

La reflexión casi le hizo llorar.

—Y ahora hagamos más fantástica la fantasía —dijo Poirot animadamente—. Anoche hubo en el tren dos misteriosos desconocidos: Uno: el empleado del coche cama que responde a la descripción dada por mister Hardman, y visto por Hildegarde Schmidt, el coronel Arbuthnot y mister MacQueen. Otro: una mujer con quimono escarlata, alta, esbelta, vista por Pierre Michel, miss Debenham, mister MacQueen y por mí mismo, y olfateada, digámoslo así, por el coronel Arbuthnot. ¿Quién era esa mujer? Nadie en el tren confiesa tener un quimono escarlata. Ella también se ha desvanecido. ¿Formaría una sola y misma persona con el falso empleado del coche cama? ¿O constituye una personalidad completamente distinta? En todo caso, ¿dónde están los dos? Incidentalmente, ¿dónde están el uniforme de *Wagons Lits* y el quimono escarlata?

—Ah, eso es ya algo concreto —dijo monsieur Bouc, poniéndose en pie impaciente—. Registraremos los equipajes de todos los viajeros.

Monsieur Poirot se levantó también.

—Voy a hacer una profecía —anunció.

—¿Sabe usted dónde están?

—Tengo una pequeña idea.

—¿Dónde, entonces?

—Encontraremos el quimono escarlata en el equipaje de uno de los hombres y el uniforme del encargado en el de Hildegarde Schmidt.

—¿Hildegarde Schmidt? ¿Cree usted que...?

—No es lo que usted piensa. Me explicaré. Si Hildegarde Schmidt es culpable, el uniforme *podría estar* en su equipaje, pero si es inocente *estará con toda certeza* allí.

—No comprendo... —empezó a decir monsieur Bouc, pero se detuvo—. ¿Qué ruido es éste? —preguntó—. Parece el que produce una locomotora en movimiento.

El ruido se oía cada vez más cerca. Se componía de gritos y protestas de una voz femenina. La puerta del otro extremo del vagón restaurante se abrió violentamente. Y entró mistress Hubbard.

—¡Es horrible! ¡Horrible! —exclamó—. En mi esponjera. En mi esponjera. ¡Un gran cuchillo... todo manchado de sangre!

Y, de repente, como agotada, se desmayó pesadamente sobre el hombro de monsieur Bouc.

Capítulo XIV

EL ARMA

Con más vigor que galantería, monsieur Bouc depositó a la señora desmayada apoyándole la cabeza sobre una mesa. El doctor Constantine llamó a uno de los camareros del restaurante, quien se apresuró a acudir.

—Sosténgale la cabeza así —dijo—. Si revive, déle un poco de coñac. ¿Comprende?

Luego se apresuró a correr tras los otros dos. Su interés se concentraba por completo en el crimen y le tenían sin cuidado los desmayos de las señoras histéricas.

Es posible que mistress Hubbard reviviese con aquel procedimiento más pronto que si se le hubiesen prodigado mayores cuidados. Lo cierto es que a los pocos minutos estaba sentada, paladeando el coñac de un vaso sostenido por el camarero, y sin cesar de hablar.

—¡Qué horrible, señor, qué horrible! Dudo de que nadie en el tren comprenda mis sentimientos. Yo siempre he sido sensible desde chiquilla. La sola vista de la sangre. ¡Oh, aún ahora me horrorizo cuando lo recuerdo!

El camarero volvió a presentarle el vaso.

—*Encore un peu, madame.*

—¿Sabe que me siento mejor? Soy abstemia. Nunca bebo alcohol ni vino de ninguna clase. Toda mi familia es abstemia. Sin embargo, como esto es por prescripción facultativa...

Bebió unos sorbos más.

Entretanto, Poirot y monsieur Bouc, seguidos de cerca por el doctor Constantine, avanzaban apresuradamente por el pasillo del coche de Estambul en dirección al compartimiento de mistress Hubbard.

Todos los viajeros del tren parecían haberse congregado ante la puerta. El encargado, con una expresión de disgusto en el rostro, los mantenía a distancia.

—*Mais il n'y a rien à voir!* ¡Pero si no hay nada que ver...! —no cesaba de repetir en diferentes idiomas.

—Permítanme pasar, hagan el favor —dijo mister Bouc.

Se abrió paso por entre el grupo de viajeros y entró en el compartimiento seguido de Poirot.

—Celebro que haya usted venido, señor —dijo el encargado con un suspiro de alivio—. Todos quieren entrar. La señora norteamericana empezó a dar tales gritos que creí que también la habían asesinado, *ma foi!* Vino corriendo y seguía gritando como una loca y diciendo que quería verle a usted. Luego echó a correr por el pasillo, contándole a todo el mundo, al pasar, lo que había ocurrido. Ahí dentro *está*, señor —añadió con un gesto de su mano—. No lo he tocado, desde luego.

Colgada del tirador de la puerta del compartimiento inmediato se veía una gran esponjera de goma. Y bajo ella, en el suelo, en el mismo sitio donde había caído de manos de mistress Hubbard, una daga de estilo oriental con empuñadura repujada y hoja cónica. Esta hoja presentaba unas manchas como de herrumbre.

Poirot la recogió delicadamente.

—Sí —murmuró—. No hay duda. Aquí está el arma que nos faltaba... ¿eh, doctor?

El doctor la examinó.

—No necesita usted tener cuidado —dijo Poirot—. No

habrá más huellas digitales en ella que las dejadas por mistress Hubbard.

El examen del doctor Constantine no duró mucho.

—No hay duda de que es el arma —dijo—. Con ella se causaron todas las heridas.

—Le suplico, amigo mío, que no diga eso —le interrumpió Poirot.

El doctor puso cara de asombro.

—Ya estamos demasiado abrumados por las coincidencias. Dos personas deciden apuñalar a mister Ratchett la noche pasada. Es demasiada casualidad que cada una de ellas eligiera una arma idéntica.

—Es que la coincidencia no es, quizá, tan grande como parece —objetó el doctor—. En los bazares de Constantinopla se venden miles de estas dagas orientales.

—Me consuela usted un poco, pero sólo un poco —repuso Poirot.

Contempló pensativo la puerta que tenía delante y, quitando la esponjera, probó de hacer girar el tirador. La puerta no se movió. Unos centímetros más arriba estaba el pestillo. Poirot lo descorrió, pero la puerta siguió obstinadamente resistiendo.

—Recordará usted que la cerramos por el otro lado —objetó el doctor.

—Es cierto —dijo Poirot, distraído. Parecía estar pensando en otra cosa. La expresión de su rostro revelaba perplejidad.

—Se explica todo, ¿verdad? —preguntó monsieur Bouc—. El hombre pasa por este compartimiento. Al cerrar la puerta de comunicación palpa la esponjera. Se le ocurre entonces una idea y desliza rápidamente en ella el cuchillo manchado de sangre. Luego, al darse cuenta de que se ha despertado mistress Hubbard, se escurre por la otra puerta que da al pasillo.

—Así debió suceder —murmuró Poirot.

Pero su rostro no abandonó la expresión de perplejidad.

—¿Qué es ello? —le preguntó monsieur Bouc—. ¿Hay algo que no le satisface?

Poirot le disparó una mirada rápida.

—¿No le llama a usted también la atención? No, evidentemente, no. Bueno, es un pequeño detalle.

El encargado asomó la cabeza.

—La señora norteamericana vuelve —anunció.

El doctor Constantine enrojeció ligeramente. Tenía la sensación de que no había tratado muy galantemente a mistress Hubbard. Pero ella no le dirigió el menor reproche. Sus energías se concentraron en otro asunto.

—Tengo que decir una cosa —declaró al llegar al umbral—. ¡Yo no voy a pasar más tiempo en este compartimiento! ¡No dormiría en él esta noche aunque me pagasen por ello un millón de dólares!

—Pero, señora...

—¡Ya sé lo que va usted a decir y desde ahora contesto que no lo haré! Prefiero estar de pie toda la noche en el pasillo.

Se echó a llorar.

—Oh, si mi hija lo supiera... si pudiera verme ahora mismo...!

Poirot la interrumpió con voz bondadosa.

—No se apure usted, señora. Su petición es muy razonable. Llevarán en seguida su equipaje a otro compartimiento.

Mistress Hubbard retiró el pañuelo de sus ojos.

—¿De verdad? ¡Oh! Ya me siento más tranquila. Pero seguramente estará todo lleno, a menos que uno de los caballeros...

—Su equipaje será trasladado inmediatamente —la tranquilizó monsieur Bouc—. Tendrá usted un compartimiento en el coche que fue agregado en Belgrado.

—¡Oh, gracias! No soy una mujer nerviosa, pero dormir

en un compartimiento, pared por medio de un hombre muerto... ¡Acabaría por volverme loca!

—¡Michel! —llamó monsieur Bouc—. Traslade este equipaje a algún compartimiento vacante en el coche Atenas-París.

—Si, señor. El mismo número que éste: el tres.

—No —dijo Poirot antes de que su amigo pudiera contestar—. Creo que sería mejor que se le dé a madame un número completamente diferente al que tenía. El doce, por ejemplo.

—*Bien, monsieur*.

El encargado recogió el equipaje. Mistress Hubbard expresó a Poirot su agradecimiento.

—Ha sido usted muy bondadoso. No sabe lo que le agradezco su delicadeza.

—No tiene importancia, madame. Iremos con usted, para dejarla cómodamente instalada.

Mistress Hubbard fue acompañada por los tres hombres a su nuevo alojamiento. Una vez en él, se sintió completamente feliz.

—¡Oh, es delicioso! —exclamó.

—¿Le gusta, madame? Es, como usted ve, exactamente igual al que acaba de abandonar.

—Es cierto... sólo que da a otro lado. Pero eso no importa, porque estos trenes tan pronto van en un sentido como en otro. Cuando salí le dije a mi hija: «Quiero un coche junto a la máquina.» Y ella me dijo: «Pero, mamá, eso tiene el inconveniente de que te acuestas en un sentido y, cuando te despiertas, el tren va en otro.» Y es cierto lo que dijo. Anoche entramos en Belgrado en una dirección y salimos por la contraria.

—De todos modos, señora, ¿está usted contenta ahora?

—No me atrevo a decir tanto. Estamos detenidos por la nieve y nadie hace nada por remediarlo, y mi barco zarpa pasado mañana.

—Señora —repuso monsieur Bouc—, todos nosotros estamos en el mismo caso.

—Bien, es cierto —confesó mistress Hubbard—. Pero nadie más que yo tuvo un compartimiento que atravesó un asesino en mitad de la noche.

—Lo que todavía me intriga, madame —dijo Poirot—, es cómo el individuo entró en su compartimiento estando cerrada la puerta de comunicación como usted dice. ¿Está usted segura de que fue así?

—La señora sueca lo comprobó ante mis ojos.

—Reconstruyamos la pequeña escena. Usted estaba tendida en su litera... así... y no pudo verlo por sí misma. ¿No es cierto?

—No, no pude verlo a causa de la esponjera. ¡Ah! Tendré que comprar una nueva. Me pongo mala cada vez que miro ésta.

Poirot cogió la esponjera y la colgó en el tirador de la puerta de comunicación con el compartimiento inmediato.

—*Précisément* —dijo—. El pestillo está debajo del tirador... la esponjera lo oculta. Usted no podía ver desde la litera si el pestillo estaba echado o no.

—¡Es lo que le estaba diciendo a usted!

—Y la señora sueca, miss Ohlsson, se encontraba aquí, entre usted y la puerta y, después de empujarla, le dijo a usted que estaba cerrada.

—Eso es.

—De todos modos, pudo equivocarse, madame. Vea usted lo que quiero decir. —Poirot parecía ansioso de explicar el asunto—. El pestillo no es más que un saliente metálico... Pues bien, vuelto hacia la derecha, la puerta está cerrada, vuelto a la izquierda no lo está. Posiblemente la dama sueca se limitó a empujar la puerta, y como estaba cerrada por el otro lado pudo suponer que lo estaba por el suyo.

—Bien, pero eso mismo implica cierta estupidez por su parte.

—Señora, los más bondadosos, los más amables, no siempre son los más inteligentes.

—Eso es cierto.

—Y a propósito, madame, ¿viajó usted hasta Esmirna por este mismo itinerario?

—No. Me embarqué directamente para Estambul, y un amigo de mi hija, mister Johnson, un caballero amabilísimo, que me gustaría conociesen, vino a recibirme y me enseñó la ciudad, que encontré desagradabilísima. Y en cuanto a las mezquitas y a esas grandes pantuflas que se pone uno sobre los zapatos... ¿Qué es lo que estaba yo diciendo?

—Decía usted que mister Johnson vino a recibirla.

—Es verdad, y me condujo a un mercante francés que zarpaba para Esmirna, y el marido de mi hija me estaba esperando en el mismo muelle. ¡Qué dirá cuando se entere de todo esto! Mi hija decía que era el viaje más cómodo, seguro y agradable. «No tienes más que sentarte en tu coche —me dijo—, y te llevará directamente a Parrus, y allí empalmarás con el American Express.» ¿Y qué haré ahora, sin haber podido cancelar mi pasaje en el vapor? Debí comunicárselo. Posiblemente ya no lo podré hacer. ¡Oh, es demasiado horrible!

Mistress Hubbard dio muestras de ir a echarse a llorar otra vez. Monsieur Poirot, que mostraba ligeros síntomas de impaciencia, aprovechó la oportunidad.

—Ha sufrido usted una gran emoción, madame. Diremos al encargado del restaurante que le traiga un poco de té con algunas pastas.

—No me sienta bien el té —gimoteó mistress Hubbard—. Es más bien una costumbre inglesa.

—Café, entonces, madame. Necesita usted algún estimulante.

—Sí, el café será mejor, porque el coñac hace que mi cabeza dé vueltas.

—Muy bien. Verá usted cómo se le reavivan las fuerzas.

—Dios mío, qué expresión tan divertida.

—Y ahora, madame, vamos con una cuestión de mero trámite. ¿Me permite que registre su equipaje?

—¿Para qué?

—Vamos a registrar el de todos los viajeros. No quisiera recordar a usted un detalle tan desagradable, pero ya sabe lo que pasó con la esponjera.

—¡Oh, hace usted bien en recordármelo! No podría resistir otra sorpresa de esta clase.

El registro quedó terminado rápidamente. Mistress Hubbard viajaba con el mínimo de equipaje: una sombrerera, un maletín y una maleta. El contenido de los tres bártulos no reveló nada notable, el examen no habría llevado más de dos minutos, de no haber insistido mistress Hubbard en que se dedicase alguna atención a las fotografías de su hija y de dos chiquillos feos.

—¿No son guapos mis nietos? —preguntó embelesada.

Capítulo XV

LOS EQUIPAJES

Tras pronunciar unas palabras tan corteses como hipócritas, y haber prometido a mistress Hubbard que en seguida le llevarían el café, Poirot abandonó el compartimiento acompañado de sus dos amigos.

—Bien, hemos empezado con un fracaso —dijo monsieur Bouc—. ¿A quién molestaremos ahora?

—Lo más sencillo será recorrer el tren coche por coche. Lo que significa que empezaremos por el compartimiento número dieciséis... el del amable mister Hardman.

Mister Hardman, que estaba fumando un cigarro, les recibió cortésmente.

—Entren, caballeros... es decir, si es humanamente posible. Es un poco pequeño esto para celebrar una reunión.

Monsieur Bouc explicó el objeto de su visita, y el corpulento detective asintió comprensivamente.

—*That's okay!* Si he de decirle la verdad, ya me extrañaba que no hubiesen ustedes hecho esto antes. Aquí están mis llaves, señores, y si quieren registrarme también los bolsillos, por mi no hay ningún inconveniente. Voy a bajar las maletas.

—El encargado lo hará. ¡Michel!

El contenido de las dos maletas de mister Hardman no ofreció tampoco nada de particular. Se componía, quizá, de una indebida proporción de licores espirituosos. Mister Hardman hizo un guiño.

—No es frecuente —dijo— que le registren a uno las maletas en las fronteras... si tiene uno de su parte al encargado... Un puñado de billetes turcos y todo va tan liso como la seda.

—¿Y en París?

Mister Hardman repitió el guiño.

—Cuando llegue a París —dijo—, lo que quede de este pequeño lote irá a parar a una botella de loción para el cabello.

—Por lo visto no es usted partidario de la prohibición, señor Hardman —dijo monsieur Bouc con una sonrisa.

—Puedo decir que la prohibición nunca me molestó gran cosa —rió Hardman.

—El *speakeasy**, ¿eh? —dijo monsieur Bouc, saboreando la palabra—. Son muy pintorescos y expresivos esos términos norteamericanos.

—Me gustaría mucho ir a Norteamérica —declaró Poirot.

—Aprendería usted allí muchas cosas —dijo Hardman—. Europa necesita despertar. Está medio dormida.

—Es cierto que Norteamérica es el país del progreso —convino Poirot—. Admiro a los norteamericanos por muchas cosas.

»Pero las mujeres norteamericanas... y quizás en esto estoy yo algo anticuado... me parecen menos atractivas que mis compatriotas. A la mujer francesa o belga, coqueta, *charmant*, encantadora... creo que no hay ninguna que la iguale.

Hardman se asomó un instante a la ventanilla para contemplar la nieve.

---

* *Speakeasy*, lugar clandestino donde se vendía alcohol en la época de la prohibición. *(N. del T.)*

—Quizá tenga usted razón, monsieur Poirot —dijo—. Pero a cada uno le gustan las mujeres de su país.

Parpadeó como si la nieve le hubiese hecho daño en los ojos.

—Es deslumbrador, ¿verdad? —observó—. Miren, señores, este asunto me ataca los nervios. El asesinato por un lado, la nieve por otro, y aquí nadie *hace nada*. Todos andan de un lado a otro matando el tiempo. Me gustaría mucho ocuparme en hacer algo; esta inactividad es completamente desesperante.

—El verdadero espíritu occidental del apresuramiento —comentó Poirot con una sonrisa.

El encargado volvió a colocar las maletas en su sitio y se trasladaron todos al compartimiento inmediato.

El coronel Arbuthnot estaba sentado en una esquina fumando una pipa y leyendo una revista. No puso ninguna dificultad cuando Poirot le explicó el objeto de su visita. Tenía dos pequeñas maletas de cuero.

—El resto de mi equipaje ha ido por mar —les explicó.

Como la mayoría de los militares, el coronel era un buen empaquetador. El examen de su equipaje ocupó solamente unos pocos minutos.

Poirot reparó en un paquete de limpiapipas.

—¿Los usa usted siempre de la misma clase? —quiso saber el detective.

—Generalmente, si puedo conseguirlos. —El coronel carraspeó ligeramente.

Los limpiapipas eran idénticos al encontrado en el suelo del compartimiento del hombre muerto.

El doctor Constantine hizo también la misma observación cuando se encontraron en el pasillo.

—*Tout de même* —murmuró Poirot—, me cuesta trabajo creerlo. No encaja en su *caractère*, y con esto queda dicho todo.

La puerta del compartimiento inmediato estaba cerrada. Era el compartimiento ocupado por la princesa Dragomiroff. Llamaron y contestó desde dentro la profunda voz de la dama:

—*Entrez*.

Monsieur Bouc era el que llevaba la voz cantante. Estuvo muy deferente y cortés al explicarle su cometido.

La princesa le escuchó en silencio, su pequeño rostro de sapo completamente impasible.

—Si es necesario, señores —dijo cuando el otro hubo terminado—, aquí está todo lo que hay que registrar. Mi doncella tiene las llaves. Ella se entenderá con ustedes.

—¿Guarda las llaves de usted su doncella, madame? —preguntó Poirot.

—Ciertamente, monsieur.

—¿Y si durante la noche, en una de las fronteras, se les antoja a los oficiales de Aduanas el querer abrir una de las maletas?

La dama se encogió de hombros.

—Es muy improbable. Pero, en tal caso, el encargado iría a buscar a mi doncella.

—¿Confía usted, entonces, en ella totalmente, madame?

—Ya se lo he dicho —contestó la princesa—. No utilizo gente que no me inspire confianza.

—Sí —dijo Poirot, pensativo—. La confianza es ciertamente algo muy valioso en estos días. Es quizá mejor tener una mujer sencilla en quien poder confiar que no una doncella *chic*, una elegante parisiense, por ejemplo.

Vio que sus inteligentes ojos oscuros giraban lentamente para fijarse en su rostro.

—¿Qué quiere usted decir con eso, monsieur Poirot?

—Nada, madame. ¿Yo? Nada.

—No lo niegue. ¿De verdad cree usted que debería tener una encantadora francesita para atender a mi *toilette*?

—Sería quizá más natural, madame.

Ella movió la cabeza.

—Schmidt siente adoración por mí —dijo recalcando las palabras—. Y ya sabe usted que esta clase de afecto... *c'est impayable*.

La mujer alemana llegó con las llaves. La princesa le habló en su propio idioma para decirle que abriese las maletas y ayudase a los señores a hacer el registro. La princesa, entretanto, permaneció en el pasillo contemplando la nieve, y Poirot la acompañó, dejando a monsieur Bouc la tarea de registrar el equipaje.

Ella le miró, sonriendo irónicamente.

—Bien, monsieur, ¿no desea usted ver lo que contienen mis valijas?

—Madame, es una formalidad y nada más.

—¿Está usted seguro?

—En su caso, sí.

—Sin embargo, conocí y quise a Sonia Armstrong. ¿Qué piensa, pues? ¿Piensa acaso que no sería capaz de ensuciarme las manos matando a un *canaille* como Cassetti? Bien, quizá tenga usted razón.

Guardó silencio unos minutos y añadió:

—¿Sabe usted lo que me gustaría haber hecho con ese hombre? Habría llamado a mis criados y les habría dicho: «Matadlo a palos y arrojadlo después a un estercolero.» Así se hacían estas cosas cuando yo era joven, señor.

Poirot no habló; se limitó a escuchar atentamente.

Ella le miró con repentina impetuosidad.

—No dice usted nada, monsieur Poirot. ¿En qué está usted pensando?

El le clavó una mirada escrutadora y tras una pausa dijo:

—Pienso, madame, que su fuerza reside en su voluntad... no en su brazo.

Ella se contempló los escuálidos brazos enfundados en las negras mangas, brazos que terminaban en unas manos amarillentas, como garras, con los dedos cubiertos de valiosas sortijas.

—Es cierto —dijo—. No tengo fuerza en ellos... ninguna. No sé si alegrarme o deplorarlo.

Se volvió repentinamente y entró en el compartimiento, donde la doncella se ocupaba ya en guardar las cosas.

La princesa Dragomiroff cortó en seco las disculpas de monsieur Bouc.

—No hay necesidad de que se disculpe, señor —dijo—. Se ha cometido un asesinato. Hay que realizar ciertos trámites. Eso es todo.

—*Vous êtes bien aimable, madame.*

Ella se inclinó ligeramente para despedirlos.

Las puertas de los compartimientos inmediatos estaban cerradas. Monsieur Bouc se detuvo y se rascó la cabeza.

—*Diable!* —exclamó—. ¡Vaya problema tan terrible! Viajan con pasaporte diplomático. Su equipaje, por tanto, está exento de las formalidades de aduana.

—Lo estará para la cuestión de aduanas. Pero un asesinato es diferente.

—Lo sé. Así y todo, no queremos tener complicaciones.

—No se preocupe, amigo mío. El conde y la condesa serán razonables. Vea usted lo amable que estuvo la princesa Dragomiroff.

—Es verdaderamente *une grande dame*. Estos dos son también de la misma posición, pero el conde me da la impresión de tener una actitud un tanto truculenta. No le agradó que insistiese usted en interrogar a su esposa. Y esto le molestará más todavía. Supongamos —¡ejem!— que prescindimos de ellos. Al fin y al cabo, no pueden tener nada que ver con el asunto. ¿Para qué molestarlos?

—No estoy de acuerdo con usted —replicó Poirot—. Estoy seguro de que el conde Andrenyi será razonable. Intentémoslo, de todos modos.

Y antes de que monsieur Bouc pudiera replicar, llamó vivamente a la puerta del compartimiento número trece.

—*Entrez* —dijo una voz desde dentro.

El conde estaba sentado en el rincón más próximo a la puerta, leyendo un periódico. La condesa, acurrucada en el rincón opuesto, junto a la ventana, tenía la cabeza recostada en una almohada y parecía estar durmiendo.

—*Pardon, monsieur le comte* —empezó diciendo Poirot—. Perdóneme esta intrusión. Estamos registrando todos los equipajes del tren. Se trata de una mera formalidad, pero hay que realizarla. Monsieur Bouc sugiere que, como usted tiene pasaporte diplomático, podría usted alegar razonablemente que está exento de tal registro.

El conde reflexionó un momento.

—Gracias —dijo—. Pero no creo que deba hacer una excepción en mi caso. Prefiero que nuestro equipaje sea examinado como el de los demás viajeros. —Se volvió a su mujer y añadió—: Supongo que no tendrás ningún inconveniente, ¿verdad, Elena?

—En absoluto —contestó la condesa sin titubear.

Siguió un rápido examen, casi superficial. Poirot parecía tratar de ocultar su emoción haciendo algunas observaciones insignificantes.

—En este maletín hay una etiqueta todavía húmeda, madame —dijo, levantando un tafilete con unas iniciales y una corona.

La condesa no contestó a esta observación. Parecía molesta por aquellos trámites y permaneció todo el tiempo acurrucada en su rincón, contemplando ensoñadora el paisaje que se divisaba por la ventanilla mientras los hombres inspeccionaban su equipaje en el compartimiento de al lado.

Poirot terminó el registro abriendo el armario colocado sobre el lavabo y echando una rápida ojeada a su contenido: una esponja, cremas, polvos y un frasquito con la etiqueta de «Trional».

Luego, con corteses protestas por ambas partes, el grupo se retiró.

Los siguientes compartimientos eran el de mistress Hubbard, el del hombre muerto y el del mismo Poirot.

Continuaron hacia los compartimientos de segunda clase. El primero —literas diez y once— estaba ocupado por Mary Debenham, que leía un libro, y por Greta Ohlsson, que estaba profundamente dormida, pero que se despertó sobresaltada al entrar los tres hombres.

Poirot repitió su fórmula. La sueca pareció tranquilizarse. Mary Debenham siguió fría e indiferente.

Poirot se dirigió a la viajera sueca.

—Si usted lo permite, mademoiselle, examinaremos primeramente su equipaje, y luego, si lo desea, podrá ir a ver como se encuentra la señora norteamericana. La hemos hecho trasladarse a uno de los compartimientos del coche inmediato, pero continúa muy nerviosa a consecuencia de su descubrimiento. He ordenado que le lleven café, pero ya sabe usted que es una señora para quien hablar con alguien constituye algo de primera necesidad, como el agua que bebemos.

La buena mujer se compadeció instantáneamente. Iría de inmediato. La pobre habría sufrido una terrible impresión y tendría los nervios alterados; primero, el disgusto por haber dejado a su hija; luego, el cansancio del viaje. ¡Ah, sí! Iría inmediatamente. Su estado no permitía ninguna dilación, y llevaría consigo algunas sales de amoníaco por si las necesitaba. Sus maletas no tardaron en ser examinadas. Contenían muy pocos efectos. La viajera no se había dado cuenta todavía de que faltaban los armazones hechos con tejido de alambre de su sombrerera.

Miss Debenham dejó a un lado su libro. Observaba a Poirot. Cuando éste se las pidió, le entregó sus llaves.

Luego, al ver que él mismo bajaba su maleta y la abría inmediatamente, preguntó:

—¿Por qué aleja usted así a mi compañera, monsieur Poirot?

—¿Yo, señorita? Pues para que cuide a la señora norteamericana.

—Un excelente pretexto... pero pretexto así y todo.

—No la comprendo, señorita.

—Creo que me comprende usted demasiado bien. Quería usted que me quedase sola, ¿no es eso?

—Está usted poniendo palabras en mi boca, señorita.

—¿Y también ideas en su cabeza? No lo creo. Las ideas están ya ahí. ¿No es cierto?

—Señorita, tenemos un proverbio...

—*Qui s'excuse, s'acuse.* ¿Es eso lo que iba usted a decir? Debe atribuirme cierta cantidad de observación y sentido común. Por alguna razón que desconozco se ha empeñado usted en que sé algo de este sórdido asunto... el asesinato de un hombre a quien nunca conocí.

—Se imagina usted cosas, señorita.

—No, no me imagino nada. Pero estamos malgastando el tiempo por no decir la verdad... en vez de ir directamente al grano.

—Y a usted no le gusta malgastar el tiempo. Es usted partidaria del método directo. *Eh bien*, la complaceré a usted. Vamos por el método directo. Empezaré por preguntarle el significado de ciertas palabras que sorprendí en el trayecto desde Siria. En la estación de Konia bajé del tren para hacer eso que los ingleses llaman «estirar las piernas». En el silencio de la noche llegaron hasta mí su voz y la del coronel, señorita. Usted le decía: «Ahora, no. Ahora, no. Cuando todo haya terminado. Cuando todo quede atrás... entonces...»

—¿Cree usted que me refería al... asesinato? —dijo la joven tranquilamente.

—Soy yo quien pregunta, señorita.

Ella suspiró y quedó pensativa unos momentos. Luego añadió como si despertase de su abstracción:

—Esas palabras tienen su significado, señor, pero no puedo decírselo. Sólo puedo darle mi solemne palabra de honor de que nunca puse los ojos en Ratchett hasta que lo vi en este tren.

—¿Se niega usted entonces a explicar esas palabras?

—Sí... si quiere usted interpretarlo de este modo. Me niego. Se referían a algo... a algo que había emprendido...

—¿A algo que ahora está terminado?

—¿Qué quiere usted decir?

—¿No es cierto que está terminado?

—¿Qué le hace suponerlo?

—Escuche, señorita. Voy a recordarle otro incidente. Este tren sufrió un retraso el día en que debía llegar a Estambul. Estaba usted muy preocupada, señorita. ¡Usted, tan tranquila, tan dueña de sus nervios...! En aquel momento perdió la calma.

—No quería perder la conexión con el Orient Express.

—Eso dijo usted. Pero el Orient Express sale de Estambul todos los días de la semana. Aunque hubiese perdido la conexión, ello sólo habría significado un retraso de veinticuatro horas.

Miss Debenham dio muestras por primera vez de cierta nerviosidad.

—¿No comprende que uno puede tener amigos en Londres esperando su llegada, y que el retraso de un día trastorna planes y origina multitud de molestias?

—¿Es éste su caso? ¿Hay amigos esperando su llegada? ¿No quiere usted causarles molestias?

—Naturalmente.

—Y, sin embargo... es curioso...

—¿Qué es curioso?

—En este tren... ha vuelto a producirse un retraso, y

esta vez más serio, puesto que no hay posibilidad de enviar un telegrama a sus amigos ni llamarles a larga... a larga...

—¿A larga distancia? ¿Por teléfono, quiere decir? *Portmanteau*, le llaman en Inglaterra, ¿no?

Mary Debenham sonrió ligeramente a pesar de sí misma.

—Conferencia —le corrigió—. Sí, como usted dice, es extremadamente fastidioso no poder enviar ni una palabra por telégrafo ni por teléfono.

—Y, sin embargo, señorita, *esta vez* su humor es completamente diferente. No revela usted impaciencia. Está usted tranquila y filosófica.

Mary Debenham enrojeció ligeramente y se mordió el labio. Ya no se sentía inclinada a sonreír.

—¿No contesta usted, señorita?

—Lo siento. No sabía que hubiese nada que contestar.

—La explicación de su cambio de actitud, señorita.

—¿No cree usted, monsieur Poirot, que da usted demasiada importancia a lo que no la tiene?

Poirot extendió las manos en gesto de disculpa.

—Quizá sea una falta peculiar de los detectives. Nosotros queremos que la conducta sea siempre consecuente. No comprendemos los cambios de humor.

Mary Debenham no contestó.

—¿Conoce usted bien al coronel Arbuthnot, señorita?

La joven pareció reanimarse con el cambio de tema.

—Le vi por primera vez en este viaje.

—¿Tiene usted alguna razón para sospechar que él conocía a Ratchett?

—Estoy completamente segura de que no.

—¿Por qué está usted tan segura?

—Por su manera de expresarse.

—Y, sin embargo, señorita, encontramos un limpiapipas en el suelo del compartimiento del muerto. Y el coronel es el único viajero del tren que fuma en pipa.

Poirot observaba a la joven atentamente, pero ella no reveló ni sorpresa ni emoción.

—Tonterías —se limitó a decir—. Es absurdo. El coronel Arbuthnot es la última persona de quien podría sospecharse que hubiera intervenido en un crimen... especialmente en un crimen tan teatral como éste.

Esta aseveración estaba tan conforme con su opinión, que Poirot estuvo a punto de manifestárselo así. Pero en lugar de eso dijo:

—Debo recordarle que no le conoce usted muy bien, mademoiselle.

Ella se encogió de hombros.

—Conozco al tipo lo suficiente.

—¿Sigue usted negándose a contarme el significado de aquellas palabras: «Cuando todo haya terminado»? —preguntó Poirot acentuando su amabilidad.

—No tengo más que decir —contestó ella fríamente.

—No importa —repuso él—. Yo lo descubriré.

Se inclinó y abandonó el compartimiento, cerrando la puerta al salir.

—¿Ha sido eso prudente, amigo mío? —preguntó monsieur Bouc—. La ha puesto usted en guardia... y por ella también al coronel.

—*Mon ami*, si quiere usted coger a un conejo, meta un hurón en la madriguera, y si el conejo está allí, saldrá corriendo. Esto es lo que he hecho.

Entraron en el compartimiento de Hildegarde Schmidt. La mujer les esperaba de pie, con rostro respetuoso, pero inexpresivo.

Poirot lanzó una rápida mirada al maletín colocado sobre el asiento. Luego hizo una seña al empleado para que bajase la maleta de la rejilla.

—¿Las llaves? —dijo.

—No está cerrada, señor.

Poirot hizo saltar los broches y levantó la tapa.

—¡Ajá! —exclamó, volviéndose a monsieur Bouc—. ¿Recuerde lo que le dije? ¡Mire aquí un momento!

En la maleta había un uniforme mal plegado de color marrón de la Compañía.

La estolidez de la alemana sufrió un repentino cambio.

—¡Oh! —exclamó—. Eso no es mío. Yo no lo puse ahí. No he abierto esa maleta desde que salimos de Estambul. Créanme que es cierto.

Paseaba la mirada de unos a otros, suplicante.

Poirot la cogió con mucha suavidad por el brazo y la tranquilizó.

—No, no, todo está bien. La creemos. No se ponga nerviosa. Estoy tan seguro de que usted no escondió ahí ese uniforme como de que usted es una buena cocinera. ¿Verdad que es usted una buena cocinera?

La mujer sonrió, a pesar de su espanto.

—Sí, todas mis señoras lo han dicho. Yo...

Se calló, con la boca abierta, otra vez asustada.

—No, no —dijo Poirot—. Le aseguro que todo está bien. Voy a decirle cómo sucedió esto. Aquel hombre, el hombre que usted vio con el uniforme de *Wagons Lits*, sale del compartimiento del muerto y tropieza con usted. Esto representa una contrariedad para él, ya que esperaba que nadie le viera. ¿Qué hace entonces? Tiene que deshacerse del uniforme. Ya no es una salvaguarda, es un peligro.

La mirada de Poirot fue de monsieur Bouc al doctor Constantine, que le escuchaban atentamente.

—Y ahí está la nieve, como ustedes ven. La nieve trastorna sus planes. ¿Dónde ocultar esas ropas? Todos los compartimientos están ocupados. Pasa por delante de uno cuya puerta está abierta. Está vacío. Debe de ser el que pertenece a la mujer con quien acaba de tropezar. Se introduce en el compartimiento, se quita el uniforme y lo mete apresuradamente en la maleta que está en la rejilla.

De este modo puede pasar algún tiempo hasta que lo descubran.

—¿Y luego? —preguntó monsieur Bouc anhelante.

—Eso es lo que tenemos que averiguar —contestó Poirot, dirigiéndole una mirada significativa.

Examinó la chaqueta del uniforme. Le faltaba un botón, el tercero. Metió la mano en el bolsillo y sacó una llave maestra, como la que utilizan los encargados para abrir los compartimientos.

—Aquí está la explicación de cómo nuestro hombre pudo pasar por las puertas cerradas —dijo monsieur Bouc—. Sus preguntas a mistress Hubbard fueron innecesarias. Cerrada o no, el hombre pudo franquear fácilmente la puerta de comunicación. Después de todo, si se tiene un uniforme de encargado de coche cama, ¿por qué no una llave?

—¿Por qué no, ciertamente? —repitió Poirot.

—Debimos figurárnoslo desde un principio. Recordará usted que Michel dijo que la puerta del compartimiento de mistress Hubbard que da al pasillo estaba abierta cuando él acudió a contestar a la llamada de la señora.

«Así es, señor —nos dijo el encargado—. Por eso creí que la señora lo había soñado.»

—Pero ahora se explica todo —continuó monsieur Bouc—. Indudablemente el criminal se propuso cerrar también la puerta de comunicación, pero oyó algún movimiento en la cama y se asustó.

—Ahora sólo tenemos que buscar el quimono escarlata —dijo Poirot.

—Cierto, pero los dos compartimientos que faltan están ocupados por hombres.

—Los registraremos así y todo.

—¡Oh, sin duda! También recuerdo lo que pronosticó usted.

Hector MacQueen accedió amablemente al registro.

—Ya me extrañaba a mí que no viniesen —dijo con melancólica sonrisa—. Decididamente soy el viajero más sospechoso del tren. No tienen ustedes más que encontrar un testamento en que el viejo me deja su dinero y se aclarará todo.

Monsieur Bouc le lanzó una mirada de desconfianza.

—Perdonen la broma —añadió apresuradamente MacQueen—. El viejo no me dejó un céntimo. Yo sólo le era útil por mis conocimientos de idiomas y demás. Quien no sepa hablar más que un buen americano no está en condiciones de andar por el mundo. Yo no soy lingüista, pero sé ir de compras y entenderme con la gente de los hoteles en francés, italiano y alemán.

Su voz era un poco más premiosa que de ordinario. Era como si se sintiese ligeramente intranquilo por el registro, a pesar de su voluntad.

Poirot levantó la cabeza.

—Nada —dijo—. ¡Ni siquiera un legado comprometedor!

MacQueen suspiró.

—Bien. Me he quitado una carga de encima —dijo humorísticamente.

Se trasladaron al compartimiento inmediato. El examen de los equipajes del corpulento italiano y del criado no dio resultado alguno.

Los tres hombres se reunieron al final del coche, mirándose unos a otros.

—¿Qué hacemos ahora? —preguntó monsieur Bouc.

—Volveremos al vagón restaurante —dijo Poirot—. Sabemos ya todo lo que podemos saber. Tenemos la declaración de los viajeros, el testimonio de sus equipajes, de nuestros ojos. No podemos esperar otra ayuda. Tenemos que utilizar ahora nuestros cerebros.

Se palpó los bolsillos buscando su pitillera. Estaba vacía.

—Volveré dentro de un momento —dijo—. Necesitaré los cigarrillos, Tenemos entre manos un asunto difícil y curioso. ¿Quién llevaba aquel quimono escarlata? ¿Dónde está ahora? Quisiera saberlo. Hay algo en este caso... algún factor... que se me escapa. Es difícil porque lo han hecho difícil.

Se alejó apresuradamente por el pasillo hacia su compartimiento. Sabía que tenía provisión de cigarrillos en uno de sus maletines.

Lo bajó de la rejilla y lo abrió, soltando las aldabillas. Quedó perplejo.

Cuidadosamente doblado en la primera bandeja, había un quimono escarlata bordado con dragones.

—Me lo esperaba —murmuró—. Es un desafío. Lo acepto.

TERCERA PARTE

HÉRCULES POIROT SE RECUESTA Y REFLEXIONA

CAPÍTULO PRIMERO

¿CUÁL DE ELLOS?

Monsieur Bouc hablaba con el doctor Constantine cuando Poirot entró en el vagón restaurante. Monsieur Bouc parecía decepcionado.

—*Le voilà* —dijo al ver a Poirot, y añadió mientras se sentaba su amigo—: ¡Si resuelve usted este caso, *mon cher*, creeré en los milagros!

—¿Tanto le preocupa a usted?

—Naturalmente que me preocupa. Y lo peor es que no le encuentro pies ni cabeza.

El doctor miró a Poirot con interés.

—Si he de serle franco —dijo—, no imagino qué puede usted hacer ahora.

—¿No? —dijo Poirot, pensativo.

Sacó su pitillera y encendió uno de sus delgados cigarrillos. Su mirada parecía vagar soñadora por el espacio.

—El interés que tiene este caso para mi —añadió— reside en que se aparta de todos los procedimientos normales. ¿Han dicho la verdad o han mentido las personas a quienes hemos interrogado? No tenemos medios de averiguarlo... excepto los que podamos discernir nosotros mismos. Es un gran ejercicio cerebral el que tenemos que realizar.

—Todo eso está muy bien —repuso monsieur Bouc—. Pero, ¿qué ha adelantado usted hasta ahora?

—Ya se lo dije. Tenemos las declaraciones de los viajeros y el testimonio de nuestros ojos.

—¡Bonitas declaraciones las de los viajeros! No nos han dicho nada...

Poirot movió la cabeza. Sonrió, optimista, como siempre.

—No estoy de acuerdo con usted, amigo mío. Las declaraciones de los viajeros nos proporcionaron varios puntos de interés.

—¿De veras? —dijo escépticamente monsieur Bouc—. Yo no me enteré.

—Eso es porque no escuchó usted.

—Bien, dígame lo que me pasó inadvertido.

—Le pondré un solo ejemplo: la primera declaración que escuchamos... la del joven MacQueen. Éste pronunció, a mi parecer, una frase muy significativa.

—¿Sobre las cartas?

—No sobre las cartas. Si no recuerdo mal, estas palabras fueron: «No hemos cesado de viajar. Mister Ratchett quería ver mundo, pero... tropezaba con la dificultad de no conocer idiomas. Yo actuaba más como intérprete que como secretario. Era una vida muy agradable.»

Trasladó su mirada del rostro del doctor al de monsieur Bouc.

—¿Qué, no lo ven ustedes todavía? Esto es inexcusable... pues volvieron a tener ustedes una segunda oportunidad cuando el joven dijo: «Quien no sepa hablar más que un buen americano no está en condiciones de andar por el mundo.»

—Y eso, ¿qué significa?

—Vamos, lo que usted quiere es que se lo den en palabras de una sílaba. ¡Bien, aquí está! ¡Mister Ratchett no hablaba francés! Sin embargo, cuando el encargado acudió a la llamada de su timbre, fue una voz en francés la que le dijo que era una equivocación y que no le necesitaba para nada. Fue, además, una frase perfectamente idiomática la que utilizó, no la que habría elegido un hombre que conociese solamente unas palabras de francés: *Ce n'est rien. Je me suis trompé*.

—Es cierto —convino Constantine, emocionado—. ¡Debimos haberlo descubierto! Recuerdo perfectamente que usted recalcó las palabras cuando más tarde nos las repitió. Ahora comprendo el porqué de su repugnancia a confiar en el testimonio del reloj abollado. Ratchett estaba ya muerto a la una menos veintitrés minutos.

—¡Y fue su asesino quien habló! —murmuró lúgubremente monsieur Bouc.

Poirot levantó una mano.

—No vayamos tan deprisa. Y no supongamos más de lo que realmente sabemos. Lo que sí podemos decir es que, a aquella hora, la una menos veintitrés minutos, *alguna otra persona* estaba en el compartimiento de Ratchett, y esa persona era francesa o sabía hablar con mucha soltura el idioma francés.

—Es usted muy cauto, *mon vieux*.

—Sólo se debe dar un paso cada vez. No tenemos pruebas *verdaderas* de que Ratchett estuviese muerto a aquella hora.

—Tenemos también el grito que le despertó a usted.

—Sí, es cierto.

—En cierto modo —dijo pensativo monsieur Bouc—, este descubrimiento no cambia mucho las cosas. Usted oyó a alguien que se movía en la puerta de al lado. Aquel alguien no era Ratchett, sino el otro hombre. Indudablemente se estaba limpiando la sangre de las manos, quemando la carta acusadora... Después esperó hasta que todo estuvo tranquilo y, cuando se creyó seguro y de que no había moros en la costa, cerró por dentro la puerta de

Ratchett, echó el cerrojo, abrió la de comunicación con el compartimiento de mistress Hubbard y escapó por allí. Es exactamente lo que pensamos... *con la diferencia de que Ratchett fue muerto cosa de media hora más temprano*, y el reloj fue puesto a la una y cuarto para justificar una coartada.

—No existe tal famosa coartada —replicó Poirot—. Las manecillas del reloj señalaban la una y quince, la hora exacta en que el intruso abandonó realmente la susodicha escena del crimen.

—Cierto —dijo monsieur Bouc, un poco amoscado—. ¿Qué le sugiere a usted entonces el reloj?

—Si las manecillas fueron alteradas... observe que digo *si*... la hora que quedó marcada *tiene* que tener un significado. La natural reacción sería sospechar de alguien que tuviese una perfecta coartada para esa hora... en este caso la una y quince.

—Sí, sí —dijo el doctor—. Ese razonamiento es bueno.

—Debemos también dedicar un poco de atención a la hora en que el intruso *entró* en el compartimiento. ¿Cuándo tuvo la oportunidad de hacerlo? A menos que supongamos la complicidad del verdadero encargado, hubo solamente un momento posible: durante el tiempo en que el tren estuvo detenido en Vincovci. Después de que el convoy abandonara esta localidad, el encargado se sienta en el pasillo, en un sitio donde cualquiera de los viajeros apenas habría reparado en un empleado del coche cama, siendo el verdadero encargado la *única* persona que podría darse cuenta de la presencia de un impostor. Pero durante la parada de Vincovci el encargado baja al andén y la situación queda despejada. ¿Comprenden mi razonamiento?

—Y según nuestros anteriores razonamientos —advirtió monsieur Bouc—, ese intruso no *podía* ser otro que uno de los viajeros. Y volvemos adonde estábamos. ¿Cuál de ellos?

Poirot sonrió.

—He hecho una lista —dijo—. Si quiere usted examinarla, quizá le refresque la memoria.

El doctor y monsieur Bouc se inclinaron sobre la lista. Estaba escrita de un modo metódico, en el orden en que los viajeros habían sido interrogados.

HECTOR MACQUEEN: Súbdito norteamericano, litera número 6, segunda clase.

Móvil: Posiblemente pudiera derivarse de sus relaciones con el hombre muerto.

Coartada: Desde medianoche a las 2 de la madrugada. Desde medianoche a la 1.30. (Atestiguada por el coronel Arbuthnot, y desde la 1.15 a las 2, atestiguada por el encargado.)

Pruebas contra él o circunstancias sospechosas: Ninguna.

PIERRE MICHEL: Encargado del coche cama. Súbdito francés.

Móvil: Ninguno.

Coartada: Desde medianoche a las 2 de la madrugada. (Visto por Hércules Poirot en el pasillo al mismo tiempo que se oía una voz en el compartimiento de Ratchett a las 12.37. Desde la 1 a la 1.16 confirmada asimismo por otros dos encargados.)

Pruebas contra él: Ninguna.

Circunstancias sospechosas: El uniforme encontrado es un punto a su favor, puesto que parece estar destinado a hacer recaer las sospechas sobre él.

EDWARD MASTERMAN: Súbdito inglés, litera número 4, segunda clase:

Móvil: Posiblemente surge de sus relaciones con el difunto, del que era criado.

Coartada: Desde medianoche a las 2 de la madrugada. (Atestiguada por Antonio Foscarelli.)

Pruebas contra él o circunstancias sospechosas: Ninguna, excepto que es el único individuo al que, por su estatura y corpulencia, le sentaría bien el uniforme. Por otra parte, no es probable que hable correctamente el francés.

MISTRESS HUBBARD: Súbdita norteamericana, litera número 3, primera clase.

Móvil: ninguno.

Coartada: Desde medianoche a las 2 de la madrugada, ninguna.

Pruebas contra ella o circunstancias sospechosas: La historia del hombre en su compartimiento está corroborada por la declaración de Hardman y por la de la mujer Schmidt.

GRETA OHLSSON: Súbdita sueca, litera número 10, segunda clase.

Móvil: Ninguno.

Coartada: Desde medianoche a las 2 de la madrugada. (Atestiguada por Mary Debenham.) Nota: Fue la última que vio a Ratchett vivo.

PRINCESA DRAGOMIROFF: Naturalizada súbdita francesa, litera número 14, primera clase.

Móvil: Estuvo íntimamente relacionada con la familia Armstrong y fue madrina de Sonia Armstrong.

Coartada: Desde medianoche a las 2 de la madrugada. (Atestiguada por el encargado y la doncella.

Pruebas contra ella o circunstancias sospechosas: Ninguna.

CONDE ANDRENYI: Súbdito húngaro, pasaporte diplomático, litera número 13, primera clase.

Móvil: Ninguno.
Coartada: Desde medianoche a las 2 de la madrugada.
(Atestiguada por el encargado; esto no cubre el período de la 1 a la 1.15.)

CONDESA ANDRENYI: Como el anterior. Litera número 12.
Móvil: Ninguno.
Coartada: Desde medianoche a las 2 de la madrugada. Tomó «Trional» y durmió. (Atestiguada por su esposo. El frasco de «Trional» en su armario.)

CORONEL ARBUTHNOT: Súbdito inglés, litera número 15, primera clase.
Móvil: Ninguno.
Coartada: Desde medianoche a las 2 de la madrugada. Habló con MacQueen hasta la 1.30. Fue a su compartimiento y ya no lo abandonó. (Corroborado por MacQueen y el encargado.)
Pruebas contra él o circunstancias sospechosas: El limpiapipas.

CYRUS HARDMAN: Súbdito americano, litera número 16, segunda clase.
Móvil: Ninguno conocido.
Coartada: Desde medianoche a las 2 de la madrugada. No abandona ya su compartimiento. (Corroborado por MacQueen y el encargado.)
Pruebas contra él o circunstancias sospechosas: Ninguna.

ANTONIO FOSCARELLI: Súbdito americano (italiano de nacimiento), litera número 5, segunda clase.
Móvil: Ninguno conocido.
Coartada: Desde medianoche a las 2 de la madrugada. (Atestiguada por Edward Masterman.)

Pruebas contra él o circunstancias sospechosas: Ninguna, excepto que el arma utilizada se adapta a su temperamento. (Véase monsieur Bouc.)

MARY DEBENHAM: Súbdita inglesa, litera número 11, segunda clase.
Móvil: Ninguno.
Coartada: Desde medianoche a las 2 de la madrugada. (Atestiguada por Greta Ohlsson.)
Pruebas contra ella o circunstancias sospechosas: Conversación sorprendida por Hércules Poirot y que ella se niega a explicar.

HILDEGARDE SCHMIDT: Súbdita alemana, litera número 8, segunda clase.
Móvil: Ninguno.
Coartada: Desde medianoche a las 2 de la madrugada. (Atestiguada por el encargado y por la princesa.) Fue a acostarse. La despertó el encargado a las 12.38 aproximadamente y fue a ver a su ama.

Nota: Las declaraciones de los viajeros están apoyadas por las afirmaciones del encargado de que ninguno de ellos entró o salió del compartimiento de mister Ratchett entre la medianoche y la 1 de la madrugada (hora en que él pasó al coche inmediato) y desde la 1.15 a las 2.

—Este documento, como comprenderán ustedes —aclaró Poirot—, es un mero resumen de las declaraciones que hemos escuchado, ordenadas de este modo para mayor claridad.
Monsieur Bouc le devolvió el papel con una mueca.
—No es muy esclarecedor que digamos —murmuró.
—Quizás encuentre usted éste más a su gusto —repuso Poirot, entregándole una segunda hoja de papel.

Capítulo II

DIEZ PREGUNTAS

Sobre la hoja había escrito lo siguiente:

COSAS QUE NECESITAN EXPLICACIÓN

1. El pañuelo marcado con la inicial «H». ¿De quién es?
2. El limpiapipas. ¿Lo dejó allí el coronel Arbuthnot? ¿Quién sino?
3. ¿Quién llevaba el quimono escarlata?
4. ¿Quién era el hombre, o la mujer, disfrazado con el uniforme de empleado del coche cama?
5. ¿Por qué señalaban las manecillas del reloj la 1.15?
6. ¿Se cometió el asesinato a esa hora?
7. ¿Se cometió antes?
8. ¿Se cometió después?
9. ¿Podemos estar seguros de que Ratchett fue apuñalado por más de una persona?
10. ¿Qué otra explicación puede haber de sus heridas?

—Bien, veamos lo que puede hacerse —dijo monsieur Bouc, algo más animado ante este desafió a su ingenio—. Empecemos por el pañuelo. Y procedamos ahora ordenada y metódicamente.

—Hagámoslo así —dijo Poirot con aire de satisfacción.

—La inicial «H» —prosiguió monsieur Bouc— sugiere tres personas: mistress Hubbard, miss Debenham, cuyo segundo nombre es Hermoine, y la doncella alemana Hildegarde Schmidt.

—¡Ah! ¿Quién es de esas tres?

—Es difícil determinar. Pero *creo* que votaría por miss Debenham. Quizá tenga más costumbre de designarse por su segundo nombre que por el primero. Además, es bastante sospechosa. Aquella conversación que sorprendió usted, *mon cher*, fue ciertamente un poco extraña, y lo mismo su negativa a explicarla.

—En cuanto a mí, voto por la norteamericana —dijo el doctor Constantine—. El pañuelo es muy costoso, y las norteamericanas, como todo el mundo sabe, no reparan en gastos.

—¿Así, pues, eliminan ustedes a la doncella? —preguntó Poirot.

—Sí. Como ella misma dijo, el pañuelo pertenece a un miembro de la clase alta.

—Vamos con la segunda pregunta: el limpiapipas. ¿Lo dejó allí el coronel Arbuthnot o quién?

—Eso es más difícil. Los ingleses no apuñalan. En eso está usted acertado. Me inclino a creer que alguna otra persona lo dejó caer... y lo hizo para desviar las sospechas hacia el inglés de las piernas largas.

—Como usted dijo, monsieur Bouc —intervino el doctor—, dos rastros son demasiados descuidos. Estoy de acuerdo con monsieur Bouc. El pañuelo fue un verdadero olvido... por eso nadie reconocerá que es suyo. El limpiapipas es una pista falsa. En apoyo de esta teoría, recordará usted que el coronel Arbuthnot no dio muestras de turbación y confesó libremente que fumaba en pipa y que utilizaba aquel adminículo para limpiarla.

—No razona usted mal —dijo Poirot.

—Pregunta número tres. ¿Quién llevaba el quimono escarlata? —prosiguió monsieur Bouc—. Respecto a eso, confesaré que no tengo la menor idea. ¿Ha formado usted alguna opinión sobre el asunto, doctor Constantine?

—Ninguna.

—Entonces nos confesaremos los dos derrotados aquí. La pregunta siguiente, la número cuatro, ya tiene algunas posibilidades. ¿Quién era el hombre o la mujer disfrazado con el uniforme de la Compañía? A eso podemos contestar con certeza que existe un cierto número de personas a quienes no sentaría bien ese uniforme. Hardman, el coronel Arbuthnot, Foscarelli, el conde Andrenyi y Hector MacQueen. Todos ellos son demasiado altos. Mistress Hubbard, Hildegarde Schmidt y Greta Ohlsson son demasiado gruesas. Nos quedan el criado, miss Debenham, la princesa Dragomiroff, la condesa Andrenyi... ¡y ninguno de ellos parece probable!

»Greta Ohlsson por una parte y Antonio Foscarelli por otra, juran que miss Debenham y el criado no abandonaron sus compartimientos; Hildegarde Schmidt afirma que la princesa estuvo en el suyo; y el conde Andrenyi nos ha dicho que su esposa tomó un somnífero. Por lo tanto, parece imposible que nadie haya sido... ¡lo cual es absurdo!

—Como dice nuestro viejo amigo Euclides... —murmuró Poirot.

—Pues tiene que ser uno de esos cuatro —dijo el doctor Constantine—. A menos que se trate de alguien de fuera que haya encontrado un escondite... ¡y eso hemos convenido que no puede ser!

Monsieur Bouc pasó a la siguiente pregunta de la lista.

—Número cinco. ¿Por qué las manecillas del reloj marcaban la una y quince? Veo dos explicaciones a esto. O fue hecho por el asesino para establecer una coartada y después, al oír ruido de gente, se vio imposibilitado de abandonar el compartimiento cuando se lo proponía, o... ¡Espere! Se me ocurre una idea...

Los otros dos esperaron respetuosamente, mientras monsieur Bouc se debatía en mental agonía.

—Ya lo tengo —dijo al fin—. ¡*No* fue el asesino quien manipuló el reloj! Fue la persona que hemos llamado el Segundo Asesino... la persona zurda... en otras palabras, la mujer del quimono escarlata. Esta llegó más tarde y movió hacia atrás las manecillas del reloj para proporcionarse una coartada.

—¡Bravo! —exclamó el doctor Constantine—. Eso está bien imaginado.

—En efecto —dijo Poirot—. La mujer lo apuñaló en la oscuridad sin darse cuenta de que estaba ya muerto, pero algo le hizo notar que la víctima tenía un reloj en el bolsillo del pijama, y entonces lo sacó, retrasó las manecillas y le produjo las abolladuras.

—¿No tiene usted otra sugerencia mejor que hacernos? —preguntó monsieur Bouc.

—Por el momento... no —contestó Poirot—. Pero es igual. No creo que ninguno de ustedes haya reparado en el punto más importante acerca de ese reloj.

—¿Tiene algo que ver con la pregunta número seis? —preguntó el doctor—. A la pregunta... «¿Se cometió el asesinato a la una y quince?», yo contesto *no*.

—Estoy de acuerdo —dijo monsieur Bouc—. «¿Fue antes?», es la pregunta siguiente. A ella contesto que sí. ¿Está usted de acuerdo, doctor?

El doctor asintió.

—Sí, pero la pregunta «¿Fue después?» puede contestarse también afirmativamente. Estoy conforme con su teoría, monsieur Bouc, y creo que también monsieur Poirot, aunque no quiere soltar prenda. El Primer Asesino llegó antes de la una y quince, pero el Segundo Asesino se presentó *después* de esa hora. Y respecto a la pregunta de la mano zurda, ¿no deberíamos realizar algunas gestiones para averiguar cuál de los viajeros es zurdo?

—No he descuidado completamente este punto —contestó Poirot—. Observarían ustedes que hice escribir a cada uno de los viajeros su nombre y dirección. Pero esto no es concluyente, porque algunas personas realizan ciertas acciones con la mano derecha y otras con la izquierda. Juegan, por ejemplo, al golf con ésta y escriben con aquélla. Sin embargo, ya es algo. Todas las personas interrogadas cogieron la pluma con la mano derecha... con excepción de la princesa Dragomiroff, que se negó a escribir.

—La princesa Dragomiroff está fuera de toda sospecha —dijo monsieur Bouc.

—Dudo de que la princesa tenga la fuerza suficiente para haber infligido aquel golpe extraño que atribuimos a la persona zurda —confirmó el doctor Constantine—. Esa herida tuvo que ser inferida con una fuerza considerable.

—¿Con más fuerza de la que una mujer es capaz?

—No quiero decir tanto. Pero sí con más fuerza de la que una anciana podría desplegar, y la contextura física de la princesa Dragomiroff es particularmente débil.

—Pudo ser consecuencia de la influencia del espíritu sobre el cuerpo —repuso Poirot—. La princesa Dragomiroff tiene una gran personalidad y una inmensa fuerza de voluntad. Pero dejemos esto a un lado por el momento.

—Examinemos, pues, las preguntas nueve y diez. ¿Podemos estar seguros de que Ratchett fue apuñalado por más de una persona, o qué otra explicación puede haber de las heridas? En mi opinión, hablando como médico, *no* puede haber otra explicación de esas heridas. Carece de sentido sugerir que un hombre golpeó primero débilmente y luego con violencia al principio con la mano derecha y después con la izquierda; y que pasado un intervalo de quizá media hora infligió nuevas heridas al cuerpo sin vida.

—No —dijo Poirot—. Eso carece, en efecto, de sentido.

¿Pero cree usted que la hipótesis de los dos asesinos tiene más verosimilitud?

—Como usted mismo ha dicho, ¿qué otra explicación puede haber?

—Eso es lo que me pregunto —dijo Poirot con la mirada abstraída—. No ceso de preguntármelo.

Se retrepó en su asiento.

—De ahora en adelante todo está aquí —añadió golpeándose la frente—. Lo hemos anotado todo. Los hechos están ante nosotros... nítidamente agrupados con orden y método. Los viajeros han desfilado uno tras otro por este salón. Sabemos todo lo que puede saberse... *superficialmente*.

Dirigió una afectuosa mirada a monsieur Bouc.

—¿Recuerda que bromeamos un poco sobre aquello de recostarse y reflexionar? Bien, pues voy a poner en práctica mi sistema... aquí delante de sus ojos, ustedes dos deben hacer lo mismo. Recostémonos y reflexionemos... Uno o varios viajeros mataron a Ratchett. ¿Cuáles de ellos?

CAPÍTULO III

ALGUNOS PUNTOS SUGESTIVOS

Pasó un cuarto de hora antes de que ninguno de ellos hablase.

Monsieur Bouc y el doctor Constantine empezaron por tratar de obedecer las instrucciones de Poirot, y se habían esforzado por ver, a través de la masa de detalles contradictorios, una solución clara y terminante.

Los pensamientos de monsieur Bouc discurrieron de esta suerte:

«No tengo más remedio que pensar. Pero el caso es que creí tenerlo ya todo pensado... Poirot, evidentemente, opina que la muchacha inglesa está complicada en el asunto. Yo no puedo por menos que creer que eso es en extremo improbable... Los ingleses son extremadamente fríos. Pero ahora no se trata de eso. Parece ser que el italiano no pudo hacerlo. Es una lástima. Supongo que el criado inglés no mintió cuando dijo que el otro no abandonó el compartimiento. ¿Y por qué iba a mentir? No es fácil sobornar a los ingleses. Son tan insobornables... Todo este asunto ha sido desgraciadísimo. No sé cuándo vamos a salir de esto. Todavía queda *mucho* por hacer. Son tan indolentes en estos países... pasan horas y horas antes de que a alguien se le ocurra hacer algo. Y los policías deberían ser más asequibles y fácil de tratar con ellos.

Siempre embebidos de su importancia y dignidad. Convertirán esto en un enorme problema. No tropiezan con algo así todos los días. Lo publicarán todos los periódicos.»

Y desde aquí los pensamientos de monsieur Bouc siguieron un camino trillado, que ya habían recorrido centenares de veces.

Los pensamientos del doctor Constantine discurrieron de este modo:

«Este hombrecito extraño. ¿Un genio? ¿Un farsante? ¿Resolverá este misterio? Imposible. Yo no le veo solución. Todo en él es confuso... Todos mienten, quizá... De todos modos, no adelantaríamos nada. Tanto si mienten como si dicen la verdad, ¡es tan desconcertante! Las heridas son muy extrañas. No puedo comprenderlo... Sería más fácil si le hubiesen matado a tiros... Después de todo, la palabra pistolero tiene que significar que se dispara con una pistola. Curioso país, Norteamérica. Me gustaría ir allá. Es tan avanzado... Cuando vuelva a casa tengo que hablar con Demetrius Zagone... ha estado en Norteamérica... tiene ideas muy modernas. ¿Qué estará haciendo Zía en este momento? Si mi esposa llega a enterarse...»

Sus pensamientos continuaron ya por el camino de los asuntos privados.

Hércules Poirot permaneció completamente inmóvil.

Cualquiera habría creído que estaba dormido.

Y de pronto, después de un cuarto de hora de completa inmovilidad, sus cejas empezaron a moverse lentamente hacia arriba. Se le escapó un pequeño suspiro. Y murmuró entre dientes:

—Al fin y al cabo, ¿por qué no? Y si fuese así, se explicaría todo.

Abrió los ojos. Eran verdes como los de los gatos.

—*Eh bien* —dijo—. Ya he reflexionado. ¿Y ustedes?

Perdidos en sus reflexiones, ambos hombres se sobre-saltaron al oírle.

—Yo también he pensado —dijo monsieur Bouc, con una sombra de culpabilidad—. Pero no he llegado a ninguna conclusión. Su *métier* es aclarar los crímenes, amigo Poirot, el mío no.

—También yo he reflexionado con gran intensidad —dijo el doctor, enrojeciendo y haciendo regresar sus pensamientos de ciertos detalles pornográficos—. Se me han ocurrido muchas posibles hipótesis, pero no hay ninguna que llegue a satisfacerme.

Poirot asintió amablemente.

—Perfectamente —afirmó con un gesto elocuente—. No podían decir otra cosa. Me han dado la contestación que esperaba.

Permaneció muy tieso, abombó el pecho, se acarició el bigote y habló a la manera de un orador veterano que se dirige a una asamblea.

—Amigos míos, he revisado los hechos en mi imaginación, y me he repetido también las declaraciones de los viajeros... con ciertos resultados. Veo, nebulosamente todavía, una cierta explicación que abarcaría los hechos que conocemos. Es una curiosísima explicación, pero todavía no puedo estar seguro de que sea la verdadera. Para averiguarlo definitivamente, tendré que hacer todavía ciertos experimentos.

»Me gustaría mencionar, en primer lugar, ciertos puntos que me parecen muy sugestivos. Empezaremos por una observación que me hizo monsieur Bouc, en este mismo lugar, en ocasión de nuestra primera comida en el tren. Comentaba el hecho de que estuviésemos rodeados de personas de todas clases, edades y nacionalidades. Es un hecho algo raro en esta época del año. Los coches Atenas-París y Bucarest-París, por ejemplo, están casi vacíos. Recuerdo también un pasajero que dejó de presentarse. Es un detalle significativo. Después hay algunos detalles que también me llaman la atención. Por ejemplo, la posición de la esponjera de mistress Hubbard, el nombre de la madre de mistress Armstrong, los métodos detectivescos de mister Hardman, la sugerencia de mister MacQueen de que el mismo Ratchett destruyó la nota que encontramos carbonizada, el nombre de pila de la princesa Dragomiroff y una mancha de grasa en un pasaporte húngaro.

Los dos hombres se le quedaron mirando, desconcertados.

—¿Les sugieren a ustedes algo esos puntos? —preguntó Poirot.

—A mí lo más mínimo —confesó francamente monsieur Bouc.

—¿Y a usted, doctor?

—No comprendo nada de lo que está usted diciendo.

Monsieur Bouc, entretanto, agarrándose a la única cosa tangible que su amigo había mencionado, se puso a revolver los pasaportes. Con un gruñido separó los del conde y la condesa Andrenyi y los abrió.

—¿Se refiere usted a esta mancha? —preguntó.

—Sí. Es una mancha de grasa relativamente fresca. ¿Observa usted dónde está situada?

—Al principio de la filiación de la esposa del conde... sobre su nombre de pila, para ser más exacto. Pero confieso que todavía no comprendo lo que quiere usted decir.

—Voy a preguntárselo desde otro ángulo. Volvamos al pañuelo encontrado en la escena del crimen. Según dijimos hace un momento, sólo tres personas están relacionadas con la letra «H». Mistress Hubbard, mis Debenham y la doncella Hildegarde Schmidt. Consideremos ahora ese pañuelo desde otro punto de vista. Es, amigos míos, un pañuelo extremadamente costoso... *un objet de luxe*, hecho a mano, bordado en París. ¿Cuál de los viajeros, prescindiendo de la inicial, es probable que poseyese semejante pañuelo? No mistress Hubbard, una digna señora sin pretensiones ni extravagancias en el vestir. No miss Debenham; esta clase de inglesas utilizan pañuelos finos, pero no un pedazo de batista que habrá costado, quizá, doscientos francos. Y ciertamente, no la doncella. Pero hay dos mujeres en el tren que podrían haber poseído tal pañuelo. Veamos si podemos relacionarlas en algún modo con la letra «H». Las dos mujeres a las que me refiero son: una, la princesa Dragomiroff...

—Cuyo nombre de pila es Natalia —interrumpió irónicamente monsieur Bouc.

—Exactamente. Nombre de pila, como antes dije, que es decididamente sugestivo. La otra mujer es la condesa Andrenyi. Y en seguida algo nos llama la atención...

—¡*A usted*, no a nosotros!

—Bien; pues *a mí*. El nombre de pila que figura en su pasaporte está desfigurado por una mancha de grasa. Un mero accidente, diría cualquiera. Pero consideren ese nombre, Elena. Supongamos que, en lugar de Elena, fuese *Helena*, con hache. Esa «H» mayúscula pudo ser transformada en una «E», haciéndole cubrir la «e» minúscula siguiente... y luego una mancha de grasa disimuló completamente la alteración.

—¡Helena! —exclamó monsieur Bouc—. ¡No es mala idea!

—¡Ciertamente que no lo es! He buscado a mi alrededor una confirmación para ella, por ligera que sea... y la he encontrado. Una de las etiquetas del equipaje de la condesa está todavía húmeda. Y da la casualidad de que está colocada sobre la primera inicial de su maletín. Esta etiqueta ha sido arrancada y vuelta a pegar en un lugar diferente con toda seguridad.

—Empieza usted a convencerme —dijo monsieur Bouc—. Pero la condesa Andrenyi... seguramente.

—Oh, ahora, *mon vieux*, tiene usted que retroceder y

examinar el caso desde un ángulo completamente diferente. ¿Cómo se pensó que apareciera el asesinato ante la gente? No olvide que la nieve ha trastornado todo el plan original del asesino. Imaginemos, por un momento, que no hubiera nieve, que el tren siguiera su curso normal. ¿Qué habría sucedido entonces?

»El asesinato se habría descubierto con toda probabilidad esta mañana temprano en la frontera italiana. Las pruebas encontradas lo habrían sido por la policía. Mister MacQueen habría mostrado las cartas amenazadoras, mister Hardman habría contado su historia, mistress Hubbard se habría apresurado a contar cómo un hombre pasó por su compartimiento y cómo encontró un botón sobre la revista. Me imagino que solamente dos cosas habrían sido diferentes. El hombre habría pasado por el compartimiento de mistress Hubbard poco antes de la una... y el uniforme se habría encontrado tirado en uno de los lavabos.

—Lo que significaría...

—Lo que significaría que el asesinato fue planeado para que apareciese *como obra de alguien ajeno al tren*... Se habría supuesto que el asesino abandonó el tren en Brod, donde tenía que llegar a las cero cincuenta y ocho. Alguien, probablemente, se habría tropezado con un encargado extraño en el pasillo. El uniforme habría quedado abandonado en un lugar conspicuo para mostrar claramente cómo se había ejecutado el crimen. Ninguna sospecha habría recaído sobre los viajeros. Así fue, amigos míos, cómo se pensó que el asunto apareciese ante los ojos del mundo.

»Pero la detención del tren lo trastornó todo. Indudablemente, tenemos aquí una razón de por qué el hombre permaneció en el compartimiento tanto tiempo con su víctima. Estaba esperando que el tren reanudase la marcha. Pero al fin se dio cuenta de que *el tren no se movía*.

Había que improvisar un plan diferente. Ya no se podía evitar que *se averiguase* que el asesino continuaba todavía en el tren.

—Sí, sí —dijo monsieur Bouc, impaciente—. Todo eso lo comprendo. Pero ¿qué tiene que ver el pañuelo con ello?

—Vuelvo a ese asunto por un camino algo tortuoso. Para empezar, tiene usted que darse cuenta de que las cartas amenazadoras eran una especie de pantalla. Probablemente fueron inspiradas por alguna novela detectivesca americana. No eran *verdaderas*. Están, en efecto, destinadas a la policía. Lo que tenemos que preguntarnos nosotros es: «¿Engañaron esas cartas a Ratchett?» En vista de lo que conocemos, la respuesta parece que tiene que ser: «No.» Las instrucciones de Ratchett a Hardman indican un determinado enemigo «particular», de cuya identidad estaba perfectamente enterado. Esto, lógicamente, es así si aceptamos el relato de Hardman como verdadero. Pero lo que sí es cierto es que Ratchett recibió *una* carta de un carácter muy diferente: la que contenía una referencia a la pequeña Armstrong, un fragmento de la cual encontramos en su compartimiento. Esta carta no estaba destinada a ser encontrada. El primer cuidado del asesino fue destruirla. Ese fue, pues, el segundo tropiezo de sus planes. El primero fue la nieve, el segundo nuestra reconstrucción de aquel fragmento de papel carbonizado.

»Esta nota destruida tan cuidadosamente sólo puede significar una cosa: *Tiene que haber en este tren alguien tan íntimamente relacionado con la familia Armstrong que el hallazgo de esta nota arrojaría inmediatamente las sospechas sobre tal persona.*

»Vamos ahora con los otros indicios encontrados. Prescindiremos de momento del limpiapipas. Ya hemos hablado bastante de él. Pasemos al pañuelo. Se trata de un indicio que acusa de un modo directo a alguien cuya inicial es «H», y que ese alguien dejó caer involuntariamente.

—Exacto —dijo el doctor Constantine—. La tal persona descubrió que había perdido el pañuelo e inmediatamente hizo lo necesario para ocultar su nombre de pila.

—Va usted demasiado de prisa. Llega usted a una conclusión mucho antes de lo que yo mismo me permitiría.

—¿Hay alguna otra alternativa?

—Ciertamente que la hay. Supongamos, por ejemplo, que usted ha cometido un crimen y desea que recaigan las sospechas sobre alguna otra persona, y que ésta es una mujer que va en el tren, relacionada íntimamente con la familia Armstrong. Supongamos, pues, que deja usted allí un pañuelo que pertenece a esa mujer... Ella será interrogada, se descubrirá su relación con la familia Armstrong... *et voilà*. Móvil... y pieza de convicción.

—Pero en tal caso —objetó el doctor—, como la persona indicada es inocente, no hará nada para ocultar su identidad.

—¿Cree usted eso realmente? Esa sería la opinión de un policía normal. Pero yo conozco la naturaleza humana, amigo mío, y le diré que enfrentada de pronto con la posibilidad de ser procesada por asesinato, la persona más inocente pierde la cabeza y hace las cosas más absurdas. No, no; la mancha de grasa y la etiqueta cambiada no prueban definitivamente la culpabilidad... prueban únicamente que la condesa tiene sumo interés, por alguna razón, en ocultar su verdadera identidad.

—¿Qué relación cree usted que la unirá con la familia Armstrong? Nunca ha estado en Norteamérica, según dice.

—Exactamente, y habla muy mal inglés, y tiene un aire extranjero que exagera. Pero no será difícil averiguar quién es. Mencioné hace poco el nombre de la madre de mistress Armstrong. Era Linda Arden, una célebre actriz, notabilísima intérprete del teatro shakesperiano. Recuerda

As You Like It. El bosque de Arden y Rosalind. Linda se inspiró en esta comedia para adoptar su nombre artístico: Linda Arden, el nombre con que era conocida en el mundo entero, no era su verdadero nombre. Este pudo ser Goldenberg... con toda seguridad, tenía sangre centroeuropea en sus venas... quizá de origen judío. Muchas nacionalidades se amontonan en Norteamérica. Sugiero a ustedes, señores, que esa joven hermana de mistress Armstrong, poco más que una chiquilla en la época de la tragedia, es Elena Goldenberg, la hija más joven de Linda Arden, y que se casó con el conde Andrenyi seguramente cuando éste estuvo en Washington como agregado de su embajada.

—Pero la princesa Dragomiroff dice que se casó con un inglés.

—¡Cuyo nombre no puede recordar! Y yo les pregunto, amigos míos, ¿es eso realmente probable? La princesa Dragomiroff amaba a Linda Arden como las grandes damas aman a los grandes artistas. Era, además, madrina de una de sus hijas. ¿Iba a olvidar tan rápidamente el nombre de casada de la otra hija? No es probable. Creo que podemos afirmar que la princesa Dragomiroff ha mentido. Sabía que Helena estaba en el tren, la había visto. Y se dio cuenta en seguida, tan pronto como se enteró de quién era realmente Ratchett, de que Helena sería sospechosa. Por eso, cuando la interrogamos sobre la hermana, se apresuró a mentir... no puede recordar, pero «cree que Helena se ha casado con un inglés...», sugerencia que sin duda alguna se aleja todo lo posible de la verdad.

Entró uno de los empleados del restaurante y se dirigió a monsieur Bouc.

—¿Puedo servir la comida, señor? Hace rato que está a punto.

Monsieur Bouc miró a Poirot y éste asintió.

—¡Naturalmente! Que sirvan la comida.

El empleado desapareció por la puerta del otro extremo. Al poco rato se oyó su campanilla y el pregón de su voz.

—*Premier service. Le diner est servi. Premier service...*

Capítulo IV

LA MANCHA DE GRASA EN UN PASAPORTE HÚNGARO

Poirot compartió una mesa con monsieur Bouc y el doctor.

Los viajeros reunidos en el vagón restaurante hablaban poco. Hasta la locuaz mistress Hubbard se mostraba silenciosa. Al sentarse murmuró: «No sé si tendré ánimo de comer.» Y luego aceptó todo lo que le ofrecieron, animada por la dama sueca, que parecía considerarla con un interés especial.

Antes de que sirviesen la comida, Poirot cogió al jefe de los camareros por la manga y le murmuró algo al oído.

Constantine no tardó en enterarse de cuales habían sido las instrucciones, pues observó que el conde y la condesa Andrenyi eran siempre servidos los últimos y que, al final de la comida, se retrasaron en presentarles la cuenta, con lo que resultó que el conde y la condesa fueron también los últimos en abandonar el vagón restaurante.

Cuando al fin se pusieron en pie y avanzaron en dirección a la puerta, Poirot se levantó también y los siguió.

—*Pardon, madame* —dijo—, se le ha caído su pañuelo.

Mostraba a la dama el delicado cuadrito de batista con su monograma.

Ella lo cogió, lo miró y se lo devolvió.

—Se equivoca usted, señor, ese pañuelo no es mío.

—¿Que no es suyo? ¿Está usted segura?

—Completamente segura, señor.

—Y, sin embargo, madame, tiene su inicial... la inicial «H».

El conde hizo un movimiento brusco. Poirot fingió no darse cuenta. Su mirada estaba fija en el rostro de la condesa.

—No comprendo, señor —replicó ella, sin inmutarse—. Mis iniciales son E.A.

—Me parece que no. Su nombre es Helena... no Elena. Helena Goldenberg, la hija más joven de Linda Arden. Helena Goldenberg, hermana de mistress Armstrong.

Durante unos minutos reinó un silencio de muerte. Tanto el conde como la condesa palidecieron intensamente.

Poirot añadió en tono más suave:

—Es inútil negarlo. Ésa es la verdad, ¿no es cierto?

—Pregunto, señor, ¿con qué derecho...? —estalló, furioso, el conde.

Ella le contuvo, levantando una pequeña mano hacia su boca.

—No, Rudolph. Déjame hablar. Es inútil negar lo que dice este caballero. Mejor sería que nos sentásemos y aclarásemos este asunto.

Su voz había cambiado. Tenía todavía la riqueza de tono meridional, pero se había hecho repentinamente más enérgica e incisiva.

Era, por primera vez, una voz definitivamente norteamericana.

El conde guardó silencio. Obedeció al gesto de su mano y ambos se sentaron frente a Poirot.

—Su afirmación, señor, es completamente cierta —dijo la condesa—. Soy Helena Goldenberg, la hermana más joven de mistress Armstrong.

—Esta mañana no quiso usted ponerme al corriente de ese hecho, señora condesa.

—No... en efecto.

—Todo lo que usted y su esposo me dijeron fue una sarta de mentiras.

—¡Señor! —saltó airadamente el conde.

—No te enfades, Rudolph. Monsieur Poirot expone los hechos algo brutalmente, pero lo que dice es innegable.

—Celebro que lo reconozca usted tan libremente, madame. ¿Quiere usted decirme ahora las razones que tuvo para hacerlo así, y también para alterar su nombre de pila en el pasaporte?

—Eso fue obra exclusivamente mía —intervino el conde.

—Seguramente, monsieur Poirot, que sospechará usted mis razones... nuestras razones —añadió tranquilamente Helena—. El hombre muerto es el individuo que asesinó a mi sobrinita, el que mató a mi hermana, el que destrozó el corazón de mi cuñado. ¡Tres personas a quienes yo adoraba y que constituían mi hogar... mi mundo!

Su voz vibró apasionada. Era una digna hija de aquella madre cuya fuerza emocional había arrancado lágrimas a tantos auditorios.

La dama prosiguió más tranquilamente:

—De todas las personas que ocupan el tren, solamente yo tenía probablemente los mejores motivos para matarlo.

—¿Y no lo mató usted, madame?

—Le juro a usted, monsieur Poirot... y mi esposo que lo sabe lo jurará también... que aunque muchas veces me sentí tentada de hacerlo, jamás levanté una mano contra semejante canalla.

—Así es, caballeros —dijo el conde—. Les doy mi palabra de honor de que Helena no abandonó su compartimiento anoche. Tomó un somnífero, como declaré. Es absoluta y enteramente inocente.

Poirot paseó la mirada de una a otro.

—Bajo mi palabra de honor —repitió el conde.

—Y, sin embargo —repuso Poirot—, confiesa usted que alteró el nombre del pasaporte.

—Monsieur Poirot —replicó el conde apasionadamente—, considere mi situación. Yo no podía sufrir la idea de que mi esposa se viese complicada en un sórdido caso policíaco. Ella era inocente, yo lo sabía, pero su relación con la familia Armstrong la habría hecho inmediatamente sospechosa. La habrían interrogado, detenido quizá. Puesto que una aciaga casualidad nos había traído a viajar en el mismo tren que ese Ratchett, no encontré otro camino que la mentira para aminorar el mal. Confieso, señor, que le he mentido en todo... menos en una cosa. Mi mujer no abandonó su compartimiento la noche pasada.

Hablaba con una ansiedad difícil de fingir.

—No digo que no le crea, señor —dijo lentamente Poirot—. Su familia es, según tengo entendido, de linaje y orgullosa. Habría sido, ciertamente, duro para usted ver a su esposa complicada en un asunto tan desagradable. Con eso puedo simpatizar. Pero, ¿cómo explica usted, entonces, la presencia del pañuelo de su esposa en el compartimiento del hombre muerto?

—Ese pañuelo no es mío, señor —dijo la condesa.

—¿A pesar de la inicial «H»?

—A pesar de ella. Tengo pañuelos no muy diferentes de ése, pero ninguno de una hechura exactamente igual. Sé, naturalmente, que no puedo esperar que usted me crea, pero le aseguro que es así. Ese pañuelo no es mío.

—¿Pudo ser colocado allí por alguien que deseaba comprometerla a usted?

—¿Es que quiere usted obligarme a confesar que es mío, después de todo? Pues esté usted seguro, monsieur Poirot, de que no lo es.

—Entonces, ¿por qué, si el pañuelo no es suyo, alteró usted el nombre en el pasaporte?

El conde contestó por su esposa:

—Porque nos enteramos de que habían encontrado un pañuelo con la inicial «H». Hablamos del asunto antes de que se nos interrogase. Hice notar a Helena que, si se veía que su nombre de pila empezaba con una «H», sería sometida inmediatamente a un interrogatorio mucho más riguroso. Y la cosa era tan sencilla... Transformar Helena en Elena lo hice yo mismo en un momento.

—Tiene usted, señor conde, las características de un peligroso delincuente —dijo Poirot con brusquedad—. Una gran ingenuidad natural y una decisión sin escrúpulos para despistar a la justicia.

—¡Oh, no, monsieur Poirot! —protestó la joven—. Ya le ha explicado lo sucedido. Yo estaba aterrada, muerta de espanto, puede usted creerme. ¡Después de lo que he sufrido, ser objeto de sospechas y quizá también encarcelada! ¡Y por causa del miserable asesino que hundió a mi familia en la desesperación! ¿Acaso no lo comprende usted, monsieur Poirot?

Su voz era acariciadora, profunda, rica, suplicante. La voz de la hija de la gran actriz Linda Arden.

Poirot la miró con gravedad.

—Si quiere que la crea, madame, y no digo que *no* la crea, tiene usted que ayudarme.

—¿Ayudarle?

—Sí. El móvil del asesinato reside en el pasado... en aquella tragedia que destrozó su hogar y entristeció su joven vida. Hágame retroceder hasta el pasado, madame, para que pueda encontrar en él el eslabón que nos lo explique todo.

—¿Qué puedo decirle, monsieur Poirot? Todos murieron. Todos murieron... —repitió con voz lúgubre—. Robert, Sonia... ¡mi adorada Daisy de mi alma! Era tan dulce... tan feliz... tenía unos rizos tan adorables... ¡Todos estábamos locos con ella!

—Hubo otra víctima, madame. Una víctima indirecta, por decirlo así.

—¿La pobre Susanne? Sí, la había olvidado. La policía la interrogó. Estaba convencida de que tenía algo que ver con el crimen. Quizá fuera así... pero inocentemente. Creo que había charlado con alguien, dándole informes sobre las horas de salida de Daisy. La pobre muchacha se vio terriblemente comprometida y creyó que la iban a procesar. Desesperada, se arrojó por una ventana. ¡Oh, fue horrible!

La dama hundió el rostro entre las manos.

—¿Qué nacionalidad tenía, madame?

—Era francesa.

—¿Cómo se apellidaba?

—Le parecerá absurdo, pero no lo puedo recordar. Todos la llamábamos Susanne. Era una muchacha simpatiquísima, que adoraba a Daisy.

—¿Era su niñera?

—Sí.

—¿Quién era la institutriz?

—Una diplomada del hospital. Se apellidaba Stengelberg. También quería mucho a Daisy... y a mi hermana.

—Ahora, madame, necesito que piense cuidadosamente antes de contestar a mi pregunta. ¿Ha visto usted, desde que se encuentra en el tren, a alguna persona que le sea conocida?

La joven hizo un gesto de asombro.

—¿Yo? No, a nadie.

—¿Qué me dice de la princesa Dragomiroff?

—¡Oh! ¿Ella? La conozco, por supuesto. Creí que se refería usted a otra persona... a alguien de... de aquella época.

—Precisamente, madame. Ahora piense cuidadosamente. Recuerde que han pasado algunos años. La persona puede haber alterado su aspecto.

Helena reflexionó profundamente. Luego dijo:

—No... estoy segura de que no he visto a nadie.

—En aquella época era usted muy jovencita. ¿No tenía usted a nadie que la guiase en sus estudios o la cuidase?

—¡Oh, sí! Tenía un dragón... una señora que actuaba de institutriz para mí y de secretaria para Sonia. Era inglesa, más bien escocesa... una mujerona de pelo rojizo.

—¿Cómo se llamaba?

—Miss Freebody.

—¿Joven o vieja?

—A mí me parecía espantosamente vieja. Supongo que no tendría más de cuarenta años.

—¿Y no había otras personas en la casa?

—Criados solamente.

—¿Está usted segura, completamente segura, madame, de que no ha reconocido a nadie en el tren?

—A nadie, señor. A nadie en absoluto —contestó la joven dama sin titubear.

CAPÍTULO V

EL NOMBRE DE PILA DE LA PRINCESA DRAGOMIROFF

C uando el conde y la condesa se retiraron, Poirot se encaró con sus amigos.

—Como ven, hacemos progresos —dijo.

—¡Excelente trabajo! —le felicitó cordialmente monsieur Bouc—. Por mi parte, nunca se me hubiese ocurrido sospechar del conde y la condesa Andrenyi. Confieso que los consideraba completamente *hors de combat*. Supongo que no habrá duda de que cometió el crimen. Es un poco triste. Sin embargo, no la guillotinarán. Existen circunstancias atenuantes. Unos cuantos años de prisión... eso será todo.

—¿Tan seguro está usted de su culpabilidad?

—Mi querido amigo, ¿acaso existe alguna duda? Yo creí que sus tranquilizadoras maneras eran sólo para arreglar las cosas hasta que saliéramos de la nieve y se hiciera cargo del asunto la policía.

—¿No creerá usted en la rotunda afirmación del conde, respaldada por su palabra de honor, de que su esposa es inocente?

—*Mon cher*... naturalmente... ¿qué otra cosa podía él decir? Adora a su mujer. ¡Quiere salvarla! Dice muy bien sus mentiras... con estilo de gran señor, pero, ¿qué otra cosa pueden ser, sino mentiras?

—Bien, pues yo tenía la absurda idea de que pudieran ser verdades.

—No, no. Recuerde el pañuelo. El pañuelo remacha el asunto.

—¡Oh! Yo no estoy tan seguro sobre eso del pañuelo. Recuerde que siempre le dije que había dos posibilidades respecto al poseedor de esa prenda.

—Así y todo...

Monsieur Bouc se interrumpió. Se había abierto la puerta y la princesa Dragomiroff avanzaba directamente hacia ellos. Los tres hombres se pusieron en pie.

Ella se dirigió a Poirot, ignorando a los otros.

—Creo, señor —dijo—, que tiene usted un pañuelo mío.

Poirot lanzó una mirada de triunfo a sus amigos.

—¿Es éste, madame?

Poirot mostró el cuadrito de batista.

—Este es. Tiene una inicial en una punta.

—Pero, princesa, esa letra es una «H» —intervino monsieur Bouc—. Su nombre de pila... perdóneme... es Natalia.

Ella le lanzó una fría mirada.

—Es cierto, señor. Mis pañuelos están siempre marcados con caracteres rusos. En Rusia, H es N.

Monsieur Bouc quedó abochornado. Había algo en aquella indomable anciana que le hacía sentirse sumamente nervioso y aturdido.

—En el interrogatorio de esta mañana no nos dijo usted que este pañuelo fuera suyo —objetó Poirot.

—Usted no me lo preguntó —replicó lacónica la princesa rusa.

—Tenga la bondad de sentarse, madame.

La princesa lo hizo con un gesto de impaciencia.

—No creo que debamos prolongar mucho este incidente, señores. Ustedes me van ahora a preguntar que por qué se encontraba mi pañuelo junto al cadáver de un hombre asesinado. Mi contestación es que no tengo la menor idea.

—¿De verdad que no la tiene usted?

—En absoluto.

—Excúseme, madame, pero ¿podemos confiar en la sinceridad de sus respuestas?

Poirot pronunció estas palabras suavemente, pero la princesa Dragomiroff contestó de un modo despectivo.

—Supongo que dice usted eso porque no confesé que Helena Andrenyi era la hermana de mistress Armstrong.

—En efecto, usted nos mintió deliberadamente en este punto.

—Ciertamente. Y volvería a hacer lo mismo. Su madre era amiga mía. Creo, señores, en la lealtad a los amigos, a la familia y a la estirpe.

—¿Y no cree usted en lo conveniente que es ayudar hasta el límite los fines de la Justicia?

—En este caso creo que se ha hecho justicia... estrictamente justicia.

Poirot se inclinó hacia delante.

—Considere usted mi situación, madame. ¿Debo creer a usted en este asunto del pañuelo? ¿O trata usted de encubrir a la hija de su amiga?

—¡Oh! Comprendo lo que quiere usted decir, señor. —Su rostro se iluminó con una débil sonrisa—. Bien, señores, mi afirmación puede probarse fácilmente. Les daré a ustedes la dirección de la casa de París que me confeccionó mis pañuelos. No tienen ustedes más que enseñarles éste y les informarán de que fue hecho por encargo mío hará más de un año. El pañuelo es mío, señores.

Se puso en pie.

—¿Desean preguntarme algo más?

—Su doncella, madame, ¿reconoció este pañuelo cuando se lo enseñamos esta mañana?

—Debió reconocerlo. ¿Lo vio y no dijo nada? ¡Ah, bien!

Eso demuestra indudablemente que también ella puede ser leal. —La dama hizo una ligera inclinación de cabeza y abandonó el vagón restaurante.

—Así tuvo que ser —murmuró Poirot—. Yo advertí un pequeñísimo titubeo cuando pregunté a la doncella si sabía a quién pertenecía el pañuelo. Dudó un instante si confesar o no que era de su ama.

—¡Oh, es una mujer terrible esa señora! —exclamó monsieur Bouc.

—¿Pudo asesinar a Ratchett? —le preguntó Poirot al doctor Constantine.

Este hizo un gesto negativo.

—Aquellas heridas... las causadas con tanta fuerza que llegaron hasta el hueso... no pudieron ser nunca obra de una persona tan débil físicamente.

—¿Y las otras?

—Las otras, las superficiales, sí.

—Estoy pensando —dijo Poirot— en el incidente de esta mañana, cuando dije a la princesa que su fuerza residía más bien en su voluntad que en su brazo. Aquella observación fue una especie de trampa. Yo quería ver si posaba la mirada en su brazo izquierdo o en el derecho.

»No lo hizo en ninguno de los dos. Pero me dio una extraña respuesta. «No tengo fuerza en ellos... ninguna —dijo—. No sé si alegrarme o deplorarlo.» Curiosa observación que me confirma en mi opinión sobre el crimen.

—Pero que no nos aclaró si la dama es zurda.

—No. Y a propósito, ¿se dio usted cuenta de que el conde Andrenyi guarda su pañuelo en el bolsillo del lado derecho del pecho?

Monsieur Bouc hizo un gesto negativo. Su imaginación voló a las desconcertadas revelaciones de la pasada media hora.

—Mentiras y más mentiras —murmuró—. Es asombrosa la cantidad de mentiras que hemos escuchado esta mañana.

—Todavía faltan por descubrir algunas —dijo Poirot jovialmente.

—¿Lo cree usted?

—Me decepcionaría mucho que no fuese así.

—Tal duplicidad es terrible. Pero parece que le agrada —dijo monsieur Bouc en tono de reproche.

—Tiene sus ventajas —replicó Poirot—. Si confronta usted con la verdad a alguien que ha mentido, generalmente lo confesará... si se le coge de sorpresa. No se necesita más que obrar *acertadamente* para producir ese efecto.

»Es la única manera de llevar este caso. Yo interrogo a los viajeros uno tras otro, examino sus declaraciones y me digo: «*Si* tal y tal cosa es mentira, ¿en qué punto mienten y cuál es la *razón* de mentir?» Y me contesto que *si* mienten... y observen que hablo *en condicional*, sólo puede ser por tal razón y en determinado punto. Lo hemos hecho una vez con la condesa Andrenyi con feliz resultado. Vamos a ensayar ahora el mismo método en otras personas.

—Pero suponga usted, amigo mío, que sus conjeturas son erróneas.

—En ese caso, una persona, al menos, estará libre de sospecha.

—¡Ah! Un proceso de eliminación.

—Exactamente.

—¿A quién abordaremos primero?

—Vamos a abordar al *pukka sahib*, al coronel Arbuthnot.

CAPÍTULO VI

UNA SEGUNDA ENTREVISTA CON EL CORONEL
ARBUTHNOT

E l coronel Arbuthnot dio claras muestras de disgusto al ser llamado por segunda vez al vagón restaurante.

La expresión de su rostro no pudo tampoco ocultarlo.

—Eh bien? —preguntó, tomando asiento.

—Admita mis disculpas por molestarle a usted por segunda vez —dijo Poirot—, pero existen todavía ciertos detalles que creo podrá usted aclarar.

—¿De veras? Me resisto a creerlo.

—Empecemos. ¿Ve usted este limpiapipas?

—Sí.

—¿Le pertenece?

—No lo sé. Como usted comprenderá, no pongo una marca particular en cada uno de ellos.

—¿Está usted enterado, coronel Arbuthnot, de que es usted el único viajero del coche Estambul-Calais que fuma en pipa?

—En este caso, es probable que sea mío.

—¿Sabe usted dónde fue encontrado?

—No tengo la menor idea.

—Fue encontrado junto al cadáver del hombre asesinado.

El coronel Arbuthnot enarcó las cejas.

—¿Puede usted decirnos, coronel Arbuthnot, cómo cree que llegó hasta allí?

—Lo único que puedo decir con certeza, es que yo no lo dejé allí.

—¿Entró usted en el compartimiento de mister Ratchett en alguna ocasión?

—Ni siquiera hablé nunca con ese hombre.

—¿Ni le habló... ni le asesinó?

Las cejas del coronel volvieron a elevarse sardónicamente.

—Si lo hubiese hecho, no es probable que se lo confesase a usted. Pero puede usted estar tranquilo: no lo asesiné.

—Muy bien —murmuró Poirot—. Carece de importancia.

—¿Cómo dice?

—Que carece de importancia.

—¡Oh! —exclamó el coronel, desconcertado, pues no esperaba aquella salida.

—Comprenderá usted —continuó diciendo Poirot— que lo del limpiapipas carece de importancia. Puedo discurrir otras once excelentes explicaciones de su presencia en el compartimiento de mister Ratchett.

Arbuthnot le miró asombrado.

—Yo, realmente, deseaba verle a usted para otro asunto —continuó Poirot—. Miss Debenham quizá le haya dicho que yo sorprendí algunas palabras que cambiaron ustedes en la estación de Konya.

Arbuthnot no contestó.

—Ella decía: «Ahora, no. Ahora, no. Cuando todo haya terminado. Cuando todo quede atrás.» ¿Sabe usted a qué se referían aquellas palabras?

—Lo siento, monsieur Poirot, pero debo negarme a contestar a esa pregunta.

—*Pourquoi?*

—Porque prefiero que se la dirija usted antes a la misma miss Debenham.

—Ya lo he hecho.

—¿Y se negó a explicarlo?

—Sí.

—Entonces creo que debería estar perfectamente claro... aun para usted... que mis labios deben permanecer sellados.

—¿No quiere usted revelar el secreto de una dama?

—Puede usted interpretarlo de ese modo, si gusta.

—Miss Debenham me dijo que las palabras se referían a un asunto particular.

—Entonces, ¿por qué no acepta usted esa explicación?

—Porque, coronel Arbuthnot, miss Debenham es lo que podríamos llamar una persona altamente sospechosa.

—Tonterías...

—Nada de tonterías.

—Usted no tiene ninguna prueba contra ella.

—¿No es suficiente el hecho de que miss Debenham fuese institutriz en casa de los Armstrong en la época del secuestro de la pequeña Daisy?

Hubo un minuto de mortal silencio.

Poirot movió la cabeza lentamente.

—Ya ve usted —añadió— que sabemos más de lo que cree. Si miss Debenham es inocente, ¿por qué ocultó ese hecho? ¿Y por qué me dijo que no había estado nunca en América?

El coronel se aclaró la garganta.

—¿No cree posible que esté usted equivocado?

—No estoy equivocado. ¿Por qué mintió, pues, miss Debenham?

El coronel se encogió de hombros.

—Será mejor que se lo pregunte a ella. Yo sigo creyendo que se equivoca usted.

Poirot levantó la voz y llamó. Uno de los camareros acudió desde el otro extremo del coche.

—Vaya y diga a la dama inglesa del número once que tenga la bondad de venir.

—Bien, señor.

El camarero se alejó. Los cuatro hombres permanecieron en silencio. El rostro del coronel Arbuthnot parecía como tallado en madera, rígido e impasible.

Volvió el camarero.

—La señorita viene ahora mismo, señor.

—Gracias.

Unos minutos mas tarde, Mary Debenham entró en el vagón restaurante.

Capítulo VII

LA IDENTIDAD DE MARY DEBENHAM

No llevaba sombrero. Entró con la cabeza echada hacia atrás, como en un desafío. La curva de su nariz recordaba una nave surcando valiente un mar embravecido. En aquel momento, Mary Debenham estaba hermosísima.

Su mirada se posó en Arbuthnot un instante... sólo un instante.

Le dijo a Poirot:

—¿Quería verme?

—Deseaba preguntarle, señorita, por qué nos mintió usted esta mañana.

—¿Mentirle yo? No sé a lo que se refiere.

—Ocultó usted el hecho de que en la época de la tragedia de Armstrong habitaba usted en aquella casa. Me dijo que no había estado nunca en América.

Se la vio palidecer un instante, pero se rehízo en seguida.

—Sí —dijo—. Es cierto.

—No, señorita, es falso.

—No me comprende usted. Quiero decir que es cierto, que le mentí a usted.

—¡Ah! ¿Lo confiesa?

Sus labios se curvaron en una sonrisa.

—Ciertamente, puesto que usted me ha descubierto.

—Por lo menos es usted franca, señorita.

—No creo que me quede otro remedio que serlo.

—Es cierto. Y ahora, señorita, ¿puedo preguntarle la razón de sus evasivas?

—¿No lo adivina usted, señor Poirot?

—No, por cierto.

—Tengo que ganarme la vida —dijo ella tranquila pero con cierto tono de dureza en la voz.

—¿Lo que significa...?

La joven levantó los ojos y le miró fijamente a la cara.

—¿Sabe usted, monsieur Poirot, lo que hay que luchar para conseguir y conservar una colocación decente? ¿Cree usted que ninguna familia inglesa, por modesta que sea, se atrevería a admitir como institutriz de sus hijas a una joven que fue detenida como implicada en un caso de asesinato y cuyo nombre y fotografía reprodujeron todos los periódicos ingleses.

—No veo por qué no —replicó Poirot—, si nadie tiene nada que censurarle.

—No se trata de censura, monsieur Poirot, ¡es la publicidad! Hasta ahora he logrado triunfar en la vida. He tenido puestos agradables y bien retribuidos. No iba a arriesgar la posición alcanzada, ¡y todo para no poder servir a un fin práctico!

—Permítame que le sugiera, señorita, que yo y no usted habría sido el mejor juez en esta cuestión.

La joven se encogió de hombros.

—Usted, por ejemplo, podría haberme ayudado a la identificación.

—No sé a qué se refiere.

—¿Es posible, señorita, que no haya usted reconocido en la condesa Andrenyi a la hija de mistress Armstrong que estuvo a su cuidado en Nueva York?

—¿La condesa Andrenyi? ¡No! Le parecerá extraño,

pero no la reconocí. Cuando me separé de ella estaba todavía poco desarrollada. De eso hace más de trece años. Es cierto que la condesa me recordaba a alguien... y me tenía intrigada. Pero está tan cambiada que nunca la relacioné con mi pequeña discípula americana. Bien es verdad que sólo la miré casualmente cuando entró en el comedor. Me fijé más en su traje que en su cara. ¡Somos así las mujeres! Y luego... yo tenía mis propias preocupaciones.

—¿No quiere usted revelarme su secreto, señorita?

La voz de Poirot era suave y persuasiva.

—No puedo... no puedo —contestó ella en voz baja.

Y de pronto, sin que nadie pudiera esperarlo, hundió el rostro entre los brazos y rompió a llorar amargamente, con desesperación.

El coronel se puso en pie y corrió a su lado.

—Yo... mírame...

Calló y se encaró fieramente con Poirot.

—¡No dejaré un hueso sano en su cuerpecillo, miserable! —le amenazó.

—¡Señor! —protestó monsieur Poirot.

Arbuthnot se volvió a la joven.

—Mary... por amor de Dios...

La joven se puso en pie.

—No es nada. Me siento bien. ¿Me necesita usted para algo más, monsieur Poirot? Si me necesita, deberá venir a buscarme. ¡Oh, qué estúpida... qué tonterías estoy diciendo!

Salió apresuradamente del coche. Arbuthnot, antes de seguirla, se encaró una vez más con Poirot.

—Miss Debenham no tiene nada que ver con este asunto... ¡nada! ¿Lo oye usted? Si vuelve a molestarla, tendrá que entendérselas conmigo.

Dicho esto, salió a toda prisa.

—Me gusta ver a un inglés enfadado —dijo Poirot—.

Son muy divertidos. Cuanto más emocionados están, menos dominan la lengua.

Pero a monsieur Bouc no le interesaban las reacciones emocionales de los ingleses. Se sentía abrumado de admiración hacia su amigo.

—*Mon cher, vous êtes épatant!* —exclamó—. ¡Otra milagrosa conjetura! *C'est formidable.*

—Es increíble con qué facilidad averigua usted las cosas —dijo el doctor Constantine no menos admirado.

—¡Oh! Esta vez no ha tenido ningún mérito. La condesa Andrenyi me lo dijo todo en realidad.

—*Comment?* Yo no me di cuenta.

—¿Recuerdan ustedes que le pregunté por su institutriz o señorita de compañía? Yo ya había previsto en mí imaginación que si Mary Debenham estaba complicada en el asunto, tenía que haber vivido con la familia Armstrong, desempeñando semejantes cargos.

—Sí, pero la condesa Andrenyi describió una persona completamente diferente.

—Es cierto. Dijo que era una mujer alta, de mediana edad, con cabellos rojos... algo, en fin, completamente opuesto en todos los aspectos a miss Debenham. Pero después tuvo que inventar rápidamente un nombre para tal mujer, y la inconsciente asociación de ideas la delató. Dijo que se llamaba mis Freebody, ¿recuerdan?

—Sí.

—*Eh bien*, no sé si la conocerán ustedes, pero hay una tienda en Londres que se llamaba hasta hace poco Debenham y Freebody. Con el nombre de Debenham en la cabeza, la condesa buscó otro rápidamente, y el primero que se le ocurrió fue Freebody. Yo me di cuenta de ello en seguida.

—Otra mentira —refunfuñó monsieur Bouc—. ¿Qué necesidad tuvo de mentir?

—Posiblemente también por lealtad. Lo cual dificulta un poco las cosas.

—*Ma foi!* —dijo monsieur Bouc indignado—. Pero ¿es que en este tren miente todo el mundo?

—Eso —contestó Poirot— es lo que vamos a averiguar.

CAPÍTULO VIII

MÁS REVELACIONES SORPRENDENTES

No me sorprendería en absoluto —dijo monsieur Bouc—, que todos los viajeros confesasen ahora que han vivido con la familia Armstrong!

—He aquí una observación profunda —dijo Poirot—. ¿Le agradaría escuchar lo que tiene que decir su sospechoso favorito, el italiano?

—¿Va usted a comprobar otra de sus ya famosas suposiciones? —Precisamente.

—El suyo es en realidad un caso *muy* extraordinario —dijo el doctor Constantine.

—Nada de eso; es de lo más natural —repuso Poirot.

Monsieur Bouc agitó los brazos en cómica desesperación.

—Si a eso lo llama usted natural, *mon ami*...

Le faltaron las palabras.

Poirot entretanto, había llamado a un empleado del restaurante para que fuese a buscar a Antonio Foscarelli.

El corpulento italiano tenía al entrar una expresión de cansancio. Sus nerviosas miradas se pasearon de un lado a otro, como un animal atrapado.

—¿Qué desean ustedes? —preguntó—. ¡No tengo nada que decir... nada absolutamente! *Per Dio...* —Sacudió un puñetazo sobre la mesa.

—Si, tiene usted algo más que decirnos —replicó Poirot con firmeza—. ¡La verdad!

—¿La verdad? —Disparó una mirada de zozobra a Poirot. Habían desaparecido sus modales campechanos y afables.

—*Mais oui*. Es posible que yo ya la sepa. Pero será un punto a su favor si sale de su boca espontáneamente.

—Habla usted como la policía americana. *Canta claro*, acostumbra a decir, *canta claro*.

—¡Ah! ¿Tiene usted experiencia de lo que es la policía de Nueva York?

—Nunca pudo probar nada contra mí... pero no fue por falta de intentarlo.

—Eso fue en el caso de Armstrong, ¿no es cierto? —preguntó Poirot—. ¿No era usted el chófer?

Su mirada se encontró con la del italiano. Desapareció como por encanto la jactancia del corpulento individuo, cual si se tratase de un globo pinchado.

—Si lo sabe, ¿por qué me lo pregunta?

—¿Por qué mintió usted esta mañana?

—Por razones del negocio. Además, no confío en la policía yugoslava. Odia a los italianos. No me habría hecho justicia.

—¡Quizá fuese exactamente justicia lo que le *habría hecho* a usted!

—No, no; yo no tengo nada que ver con lo ocurrido anoche. No abandoné mi compartimiento un momento. El inglés puede decirlo. No fui yo quien mató a ese cerdo... a Ratchett. No podrá probar nada contra mí.

Poirot escribió algo sobre una hoja de papel. Luego dijo tranquilamente:

—Muy bien. Puede usted retirarse.

Foscarelli no se decidió a hacerlo.

—¿Se da usted cuenta de que no fui yo quien... de que no tengo nada que ver con este asunto? —insistió.

—He dicho que puede retirarse.

—Esto es una conspiración. ¿Quieren ustedes perderme? ¡Y todo por un cerdo que debió ir a la silla eléctrica! ¡Fue una infamia que lo absolviesen! Si hubiese sido yo... me habrían detenido y...

—Pero no fue usted. Usted no tuvo nada que ver con el secuestro de la chiquilla.

—¿Qué está usted diciendo? ¡Si aquella chiquilla era el encanto de la casa! Tonio, me llamaba. Y se metía en el coche y fingía manejar el volante. ¡Todos la adorábamos! Hasta la policía llegó a comprenderlo. ¡Oh, pobre pequeña de mi alma!

Se había suavizado su voz. Se le arrasaron los ojos de lágrimas. De pronto giró bruscamente y salió del vagón restaurante.

—¡Pietro! —llamó Poirot.

Acudió apresuradamente el empleado del coche restaurante.

—Avise a la número diez... a la señora sueca.

—*Bien, monsieur*.

—¿Otra? —exclamó monsieur Bouc—. ¡Ah, no, no es posible! Le digo a usted que no es posible.

—*Mon cher*, tenemos que indagar. Aunque al final todos los viajeros prueben que tenían un motivo para matar a Ratchett, tenemos que averiguarlo. Y una vez que lo averigüemos, determinaremos de una vez para siempre quién es el culpable.

—La cabeza me da vueltas —gimió monsieur Bouc.

Greta Ohlsson llegó acompañada del empleado. Lloraba amargamente. Se dejó caer en una silla frente a Poirot y se secó el llanto con un gran pañuelo.

—No se aflija usted, señorita. No se aflija usted —le dijo Poirot, palmoteándole un hombro—. Sólo quiero que me diga en pocas palabras la verdad, eso es todo. ¿Era usted la niñera de la pequeña Daisy Armstrong?

—Es cierto... es cierto —gimió la infeliz mujer—. ¡Oh, era un ángel... un verdadero ángel! No conocía otra cosa que la bondad y el amor... y nos la arrebató aquel malvado. ¡Pobre madre, que ya no volvió a ver más que su cuerpecillo destrozado! Ustedes no pueden comprender, porque no estuvieron allí como yo, porque no presenciaron la terrible tragedia. Debí decirles la verdad esta mañana, pero tuve miedo... miedo de comprometerme. ¡Tanta alegría me dio que el malvado hubiese muerto... que ya no pudiese torturar y asesinar a inocentes criaturas! ¡Ah, no puedo hablar... no tengo palabras para...!

Poirot volvió a repetir sus palmaditas en el hombro.

—Vamos, vamos... lo comprendo... lo comprendo todo. No le haré más preguntas. Basta con que haya usted confesado la verdad.

Greta Ohlsson se puso en pie, entre inarticulados sollozos, y se dirigió a ciegas hacia la puerta. Al llegar a ella tropezó con un individuo que entraba.

Era el criado Masterman.

Este se dirigió directamente a Poirot y empezó a hablar con su acostumbrado tono frío e indiferente.

—Espero que no seré inoportuno, señor. Creí mejor venir en seguida y decirle la verdad. Fui asistente del coronel Armstrong durante la guerra y luego me convertí en criado suyo en Nueva York. Me temo que le ocultase a usted este hecho esta mañana, señor. Hice muy mal y por eso he creído conveniente venir a sincerarme. Pero espero, señor, que no sospechará usted de Tonio. El viejo Tonio no es capaz de hacer daño a una mosca. Y yo puedo jurar positivamente que no abandonó el compartimiento la noche pasada. Como ve, señor, Tonio no pudo hacerlo. Tonio puede ser extranjero, pero es muy discreto y honrado, no como esos puercos italianos de los que tanto hablan los periódicos.

Se calló. Poirot le miró fijamente.

—¿Es eso todo lo que tiene usted que decir?

—Eso es todo, señor.

Hizo una pausa, y como Poirot no habló, inició una pequeña reverencia y, tras un pequeño titubeo, abandonó el vagón restaurante del mismo modo silencioso e inoportuno con que había llegado.

—Esto —comentó el doctor Constantine— resulta más absurdo que ninguna de las muchas *novelas policíacas* que he leído.

—Opino lo mismo que usted —dijo monsieur Bouc—. De los doce viajeros de este coche, nueve han demostrado que tenían alguna relación con el caso Armstrong. ¿A quién llamamos ahora?

—Casi puedo darle la contestación a su pregunta —contestó Poirot—. Aquí viene nuestro buen sabueso americano mister Hardman.

—¿Vendrá también a confesar?

Antes de que Poirot pudiera contestar, el norteamericano llegó junto a la mesa y, sin más preámbulos, se sentó frente a ellos y empezó a hablar.

—Pero, ¿qué pasa en el tren? Parece una casa de locos.

Poirot le hizo un guiño y le preguntó de sopetón:

—¿Está usted completamente seguro, mister Hardman, de que no era usted el jardinero de la familia Armstrong?

—No tenían jardinero —contestó mister Hardman.

—¿O el mayordomo?

—No reúno condiciones para un puesto como éste. No, nunca tuve relación con la casa Armstrong... ¡pero empiezo a creer que soy el único viajero de este intrigante tren que no la tuvo! ¿Puede usted desmentir esto?

—En realidad, es algo sorprendente —dijo Poirot con cierta ironía.

—*C'est rigolo* —intervino monsieur Bouc.

—¿Tiene usted algunas ideas propias sobre el crimen, mister Hardman? —inquirió Poirot.

—No, señor. Me confieso vencido. Todos los viajeros no pueden estar complicados, pero descubrir quién es el culpable es superior a mis fuerzas. Me gustaría saber cómo logró usted averiguar lo que sabe.

—Por simples conjeturas, amigo mío.

—Entonces hay que convenir que es usted un estupendo conjeturador. Se lo diré a todo el mundo.

Mister Hardman se retrepó en su asiento y miró a Poirot con admiración.

—Me perdonará usted —dijo—, pero nadie lo diría por su aspecto. Me descubro ante usted, se lo aseguro.

—Es usted muy bondadoso, mister Hardman.

—Nada de eso. Le hago mera justicia.

—De todos modos —añadió Poirot—, el problema no está todavía resuelto. ¿Podemos decir con seguridad que sabemos quién mató a Ratchett?

—Exclúyame a mí —dijo mister Hardman—. Yo no sé nada de nada. Pero reboso admiración. Lo único que me extraña es que no mencione usted a las dos personas que faltan: la doncella y la anciana norteamericana. ¿Es que debemos suponer que son las únicas personas inocentes de todo el tren?

—A menos —repuso sonriendo Poirot— que podamos encajarlas en nuestra pequeña familia como ama de llaves y cocinera de la familia Armstrong.

—Bien, nada en el mundo me sorprendería ahora —dijo mister Hardman con tranquila resignación—. Repito que este tren es una casa de locos.

—¡Ah, *mon cher*, eso sería forzar demasiado las coincidencias! —objetó monsieur Bouc—. Todos los viajeros no pueden estar comprometidos.

Poirot se le quedó mirando.

—No me comprende usted —dijo—. No me comprende en absoluto. Dígame, ¿sabe usted quién mató a Ratchett?

—¿Y usted? —repitió el otro.

—Yo sí —contestó Poirot—. Hace tiempo que lo sé. Está tan claro que me maravilla que no lo haya usted visto también. —Miró a Hardman y le preguntó—: ¿Y usted?

El detective movió la cabeza y miró a Poirot con curiosidad.

—Yo tampoco —contestó—. No me he enterado de nada. ¿Quién de ellos fue?

Poirot guardó silencio un momento. Luego dijo:

—¿Será usted tan amable, mister Hardman, de reunirlos a todos aquí? Hay dos soluciones posibles del caso y quiero exponerlas ante todos ustedes.

CAPÍTULO IX

POIROT PROPONE DOS SOLUCIONES

Los viajeros fueron llegando al vagón restaurante y tomaron asiento en torno a las mesas. Unos más y otros menos tenían la misma expresión: una mezcla de expectación y temor. La señora sueca gimoteaba y mistress Hubbard la consolaba.

—Debe usted tranquilizarse, querida. Todo marchará bien. No hay que perder la serenidad. Si uno de nosotros es un miserable asesino, todos sabemos perfectamente bien que no es usted. Se necesitaría estar loco para pensar siquiera en tal cosa. Siéntese aquí y estése tranquila.

Su voz se extinguió al ponerse Poirot en pie.

El encargado del coche cama se detuvo en la puerta.

—¿Permite usted que me quede, señor?

—Ciertamente, Michel.

Poirot se aclaró la garganta.

—*Messieurs et mesdames*: Hablaré en inglés, puesto que creo que todos ustedes lo conocen un poco. Estamos aquí para investigar la muerte de Samuel Edward Ratchett... alias Cassetti. Hay dos posibles soluciones para el crimen. Las expondré ante todos y preguntaré al doctor Constantine y a monsieur Bouc, aquí presentes, cuál de las dos es la verdadera.

»Todos ustedes conocen los hechos. Mister Ratchett fue

encontrado muerto a puñaladas esta mañana. La última vez que se le vio fue anoche a las doce y treinta y siete, en que habló con el encargado del coche cama a través de la puerta. Un reloj encontrado en su pijama estaba abollado y marcaba la una y cuarto. El doctor Constantine, que examinó el cadáver, fija la hora de la muerte entre la medianoche y las dos de la madrugada. Media hora después de la medianoche, como todos ustedes saben, se detuvo el tren a consecuencia de un alud de nieve. A partir de ese momento *fue imposible que nadie abandonase el tren*.

»El testimonio de mister Hardman, miembro de una agencia de detectives de Nueva York (varias cabezas se volvieron para mirar a mister Hardman), demuestra que nadie pudo pasar por delante de su compartimiento, el número dieciséis, al final del pasillo, sin ser visto por él. Nos vemos, por tanto, obligados a admitir la conclusión de que el asesino tiene que encontrarse entre los ocupantes de un determinado coche... el Estambul-Calais. Quiero decirles que ésta *era* nuestra teoría.

—*Comment?* —exclamó monsieur Bouc asustado.

—Pero expondré a ustedes una hipótesis alternativa —continuó Poirot—. Es muy sencilla. Mister Ratchett tenía un cierto enemigo a quien temía. Dio a mister Hardman su descripción y le dijo que el atentado, de efectuarse, se realizaría con toda probabilidad en la segunda noche de la salida de Estambul.

»Pero tengan en cuenta, señoras y caballeros, que mister Ratchett sabía bastante más de lo que dijo. El enemigo, como mister Ratchett esperaba, *subió al tren en Belgrado, o posiblemente en Vincovci*, por la puerta que dejaron abierta el coronel Arbuthnot y mister MacQueen, que acababan de descender al andén. Iba provisto de un uniforme de empleado de coche cama de la Compañía, que llevaba sobre su traje ordinario, y de una llave maestra que le permitió el acceso al compartimiento de mister

Ratchett, a pesar de estar cerrada la puerta. Mister Ratchett estaba bajo los efectos de un somnífero. Aquel hombre apuñaló a su víctima con gran ferocidad y abandonó el compartimiento por la puerta que comunica con el de mistress Hubbard.

—Así fue —dijo ésta con enérgicos movimientos de cabeza.

—Al pasar —continuó diciendo Poirot— arrojó la daga en la esponjera de mistress Hubbard. Sin darse cuenta, perdió un botón de su chaqueta. Después salió al pasillo, metió apresuradamente el uniforme en una maleta que encontró en un compartimiento momentáneamente desocupado y, unos instantes más tarde, vestido con sus ropas ordinarias, abandonó el tren poco antes de ponerse en marcha, utilizando para salir la misma puerta por la que entró, la más próxima al vagón restaurante.

Todo el mundo ahogó un suspiro.

—¿Qué hay de aquel reloj? —preguntó mister Hardman.

—Ahí va la explicación: *mister Ratchett omitió retrasar el reloj una hora*, como debió haberlo hecho en Tzaribrood. Su reloj marcaba todavía la hora de la Europa oriental, que va una hora *adelantada* con respecto a la Europa central. Eran las *doce y cuarto* cuando mister Ratchett fue apuñalado... no la una y cuarto.

—Pero esa explicación es absurda —exclamó monsieur Bouc—. ¿Qué nos dice de la voz que habló desde el compartimiento a la una y veintitrés minutos? ¿Fue la voz de Ratchett o la de su asesino?

—No necesariamente. Pudo ser una tercera persona. Alguien que entró a hablar con Ratchett y lo encontró muerto. Tocó entonces el timbre para que acudiese el encargado, pero después tuvo miedo de que se le acusase del crimen y habló fingiendo que era Ratchett.

—*C'est possible* —admitió monsieur Bouc de mala gana.

Poirot miró a mistress Hubbard.

—¿Qué iba usted a decir, madame?

—Pues... no lo sé exactamente. ¿Cree usted que yo también olvidé retrasar mi reloj?

—No, madame. Creo que oyó usted pasar al individuo... pero inconscientemente; más tarde tuvo usted la pesadilla de que había un hombre en su compartimiento, se despertó sobresaltada y tocó el timbre para atraer al encargado.

—Bien, supongo que es posible —admitió mistress Hubbard.

La princesa Dragomiroff lanzó a Poirot una mirada penetrante.

—¿Cómo explica usted la declaración de mi doncella, señor? —preguntó.

—De la manera más sencilla, madame. Su doncella reconoció como propiedad de usted el pañuelo que le enseñé. Y, aunque un poco torpemente, trató de disculparla. Luego tropezó con el asesino, pero fue con anterioridad, mientras el tren estaba en la estación de Vincovci. Sin embargo, fingió haberle visto una hora más tarde, con la vaga idea de proporcionarle a usted una *coartada* completamente lógica.

La princesa inclinó la cabeza.

—Ha pensado usted en todo, señor. Le admiro.

Reinó el silencio. De pronto, un puñetazo que el doctor Constantine descargó sobre la mesa sobresaltó a todos.

—¡No, no y no! —exclamó—. Ésa es una explicación que no resiste el menor análisis. Es diferente desde doce aspectos distintos. El crimen no fue cometido así... y monsieur Poirot tiene que saberlo perfectamente.

Poirot le lanzó una significativa mirada.

—Creo —dijo— que tendré que darles a ustedes mi segunda solución. Pero no abandonen ésta demasiado bruscamente. Quizás estén de acuerdo con ella un poco más tarde... He aquí cómo llegué a ella:

»Una vez que hube escuchado todas las declaraciones, me recosté, cerré los ojos y me puse *a pensar*. Se me presentaron ciertos puntos como dignos de atención. Ya expliqué esos puntos a mis dos colegas. Algunos los he aclarado, entre ellos una mancha de grasa en un pasaporte, etcétera. Recordaré ligeramente los demás. El primero y más importante es una observación que me hizo monsieur Bouc en el vagón restaurante, durante la comida, al día siguiente de nuestra salida de Estambul. En aquella ocasión me hizo notar que el aspecto del comedor era interesante, porque estaban reunidas en él todas las nacionalidades y clases sociales.

»Me mostré de acuerdo con él, pero cuando este detalle particular volvió a mi imaginación, me pregunté si tal mescolanza habría sido posible en otras condiciones. Y me contesté... que sólo en Norteamérica. En Norteamérica puede haber un hogar familiar compuesto por diversas nacionalidades: un chófer italiano, una institutriz inglesa, una niñera sueca, una doncella francesa, y así sucesivamente. Esto me condujo a mi sistema de «conjeturar»... es decir, que atribuí a cada persona un determinado papel en el drama Armstrong, como un director a los actores de su compañía. Pues bien, eso me dio un resultado en extremo interesante y satisfactorio.

»Examiné también en mi imaginación la declaración de cada uno de ustedes y llegué a curiosas deducciones. Recordaré en primer lugar la declaración de monsieur MacQueen. Mi primera entrevista con él fue completamente satisfactoria. Pero en la segunda me hizo una extraña observación. Le había hablado yo del hallazgo de una nota en que se mencionaba el caso Armstrong y él me contestó: «Pero si... seguramente...» Hizo una pausa y continuó: «Quiero decir que, seguramente, fue un descuido del viejo.»

»En seguida me di cuenta de que aquello no era lo que

había empezado a decir. *Supongamos que lo que quiso decir fuese: «¡Pero si seguro que se quemó!»* En este caso, MacQueen *conocía la existencia de la nota y su destrucción*. En otras palabras, era el verdadero asesino o un cómplice suyo. Muy bien.

»Vamos ahora con el criado. Dijo que su amo tenía la costumbre de tomar un somnífero cuando viajaba en tren. Eso podía ser verdad, ¿pero tomó Ratchett uno anoche? La pistola automática guardada bajo su almohada desmiente esa afirmación. Ratchett se proponía permanecer alerta la pasada noche. Cualquiera que fuese el narcótico que se le administrara, tuvo que hacerse sin su conocimiento. ¿Por quién? Evidentemente y sin lugar a dudas, por MacQueen o el criado.

»Llegamos ahora al testimonio de mister Hardman. Yo creí todo lo que dijo acerca de su identidad, pero cuando habló de los métodos que había empleado para proteger a mister Ratchett, su historia me pareció absurda. El único medio eficaz de proteger a mister Ratchett habría sido pasar la noche en su compartimiento o en algún sitio desde donde pudiera vigilar la puerta. ¡Lo único que su declaración *mostró* claramente, fue que *ninguno de los viajeros de aquella parte del tren pudo haber asesinado a Ratchett*! Ello trazaba un claro círculo en torno al coche Estambul-Calais y, como me pareció un hecho algo extraño e inexplicable, tomé nota de él para volverlo a examinar de nuevo.

»Todos ustedes estarán probablemente enterados a estas horas de las palabras que sorprendí entre miss Debenham y el coronel Arbuthnot. Lo que más atrajo mi atención fue que el coronel la llamase *Mary* y que la tratase en términos de clara intimidad. Pero el coronel tenía que aparentar que la había conocido solamente unos días antes... y yo conozco a los ingleses del tipo del coronel. Aunque se hubiese enamorado de la joven a primera vista, habría avanzado lentamente y con decoro, sin precipitar las cosas. Por tanto, deduje que el coronel Arbuthnot y miss Debenham se conocían en realidad muy bien y fingían, por alguna razón, ser extraños. Otro pequeño detalle fue su familiaridad con el término «larga distancia» aplicado a una llamada telefónica en Norteamérica. Sin embargo, miss Debenham me había dicho que no había estado nunca en Estados Unidos.

»Pasemos a otro testigo. Mistress Hubbard nos había dicho que, tendida en la cama, no podía ver si la puerta de comunicación tenía o no echado el pestillo, y por eso rogó a miss Ohlsson que lo mirase. Ahora bien, aunque su afirmación hubiese sido perfectamente cierta de haber ocupado uno de los compartimientos números dos, cuatro, doce o algún otro número *par*... donde el pestillo está colocado bajo el tirador de la puerta... en los números impares, tales como el compartimiento número tres, el pestillo está muy por encima del tirador y, por lo tanto, no podía haber sido tapado por la esponjera. Me vi, pues, obligado a llegar a la conclusión de que mistress Hubbard había inventado un incidente que jamás había ocurrido.

»Y permítame que diga ahora algunas palabras acerca del *tiempo*. A mi parecer, el punto realmente interesante sobre el reloj abollado fue el sitio en que lo encontramos: en un bolsillo del pijama de Ratchett, lugar singularmente incómodo y absurdo para guardar un reloj, especialmente cuando existe un «gancho» para colgarlo a la cabecera de la cama. Llegué a la conclusión, por tanto, de que el reloj había sido colocado deliberadamente en el bolsillo, y de que el crimen, por consiguiente, no se había cometido a la una y cuarto como todo daba a entender.

»¿Se cometió entonces, más temprano? ¿A la una menos veintitrés minutos, para ser más exacto? Mi amigo monsieur Bouc avanzó como argumento en favor de tal hipótesis el grito que me despertó de mi sueño. Pero si

Ratchett estaba fuertemente narcotizado, *no pudo gritar*. Si hubiese sido capaz de gritar, lo habría sido igualmente para intentar defenderse, y no había indicios de que se hubiese producido lucha alguna.

»Recuerde que MacQueen me había llamado la atención... no una, sino dos veces (y la segunda de un modo descarado)... hacia el hecho de que Ratchett no sabía hablar francés. ¡Llegué entonces a la conclusión de que todo lo sucedido entre la una y la una menos veintitrés minutos había sido una comedia representada en mi honor! Cualquiera podría haber comprendido lo del reloj; es un truco muy común en las historias de detectives. Con él se *pretendía* que yo fuese víctima de mi propia perspicacia y que llegase a suponer que, puesto que Ratchett no hablaba francés, la voz que oí a la una menos veintitrés minutos no podía ser la suya y que tenía que estar muerto. Pero estoy seguro de que a la una menos veintitrés minutos Ratchett vivía todavía en su sueño drogado.

»¡Pero el truco dio resultado! Abrí mi puerta y me asomé. Oí realmente la frase francesa utilizada. Por si yo fuese tan increíblemente torpe que no comprendiese el significado de esa frase, alguien se encargó de llamarme la atención. Mister MacQueen lo hizo descaradamente: «Perdóneme, monsieur Poirot —me dijo—, *no pudo ser mister Ratchett quien habló; no sabe hablar francés.*»

»Veamos cuál fue la verdadera hora del crimen y quién mató a mister Ratchett.

»En mi opinión, y esto es solamente una opinión, mister Ratchett fue muerto en un momento muy próximo a las dos, hora máxima que el doctor nos da como posible.

»En cuanto a quién lo mató...

Hizo una pausa, mirando a su auditorio. No podía quejarse de falta de atención. Todas las miradas estaban fijas en él. En el silencio podría haberse oído caer un alfiler.

Poirot prosiguió lentamente:

—Me llamó la atención particularmente la extraordinaria dificultad de probar nada contra ninguno de los viajeros del tren y la curiosa coincidencia de que cada declaración que establecía una coartada procedía de una persona a la que llamaría «improbable». Así, mister MacQueen y el coronel Arbuthnot se proporcionaron coartadas uno a otro... ¡y se trataba de dos personas entre las que parecía de lo más improbable que hubiesen tenido anteriormente alguna amistad! Lo mismo ocurrió con el criado inglés y el viajero italiano, con la señora sueca y con la joven inglesa. Yo me dije: «¡Esto es extraordinario... no pueden estar *todos* de acuerdo!»

»Y entonces, señores, vi la luz. ¡*Todos* estaban de acuerdo, efectivamente! ¡En realidad, *todos* estaban involucrados! Una coincidencia de tantas personas relacionadas con el caso Armstrong viajando en el mismo tren era, no solamente improbable, sino *imposible*. No podía haber casualidad, sino *planificación*. Recuerdo una observación del coronel Arbuthnot acerca del juicio por jurados. Un jurado se compone de doce personas... Había doce viajeros... y Ratchett fue apuñalado doce veces. El detalle que siempre me preocupó, la extraordinaria afluencia de viajeros en el coche Estambul-Calais en una época tan intempestiva del año, quedaba explicado.

»Ratchett había escapado a la justicia en Estados Unidos. No había duda de su culpabilidad. Me imaginé un jurado de doce personas nombradas por ellas mismas, que le condenan a muerte y se ven obligadas por las exigencias del caso a ser sus propios ejecutores. E inmediatamente, basado en tal suposición, el caso se me apareció con una claridad meridiana.

»Lo vi como un mosaico perfecto en el que cada persona desempeñaba la parte asignada. Estaba de tal modo dispuesto que, si sospechaba de una de ellas, el testimonio de una o más de las otras salvaría al acusado y demostraría la falsedad de la sospecha. La declaración de Hardman era necesaria para que, en el caso de que algún extraño fuese sospechoso del crimen, pudiera proporcionarle una coartada. Los viajeros del coche de Estambul no corrían peligro alguno. Hasta el menor detalle fue revisado de antemano. Todo el asunto era un rompecabezas tan hábilmente planeado, de tal modo dispuesto, que una nueva pieza que saliese a la luz haría la solución del conjunto más difícil. Como mi amigo monsieur Bouc observó, el caso parecía de hecho imposible. Esa era exactamente la impresión que se intentó producir.

»¿Lo explica todo esta solución? Sí, ciertamente. La naturaleza de las heridas... infligidas cada una por una persona diferente. Las falsas cartas amenazadoras... falsas, puesto que eran irreales, escritas solamente para ser presentadas como pruebas. (Indudablemente hubo cartas verdaderas, advirtiendo a Ratchett de su muerte, que MacQueen destruyó, sustituyéndolas por las otras.) La historia de Hardman de haber sido llamado por Ratchett... mentira todo desde el principio hasta el fin... La descripción del mítico «hombre bajo y moreno con voz afeminada», descripción conveniente, puesto que tenía el mérito de no acusar a ninguno de los verdaderos encargados del coche cama, y podía aplicarse igualmente bien a un hombre que a una mujer.

»La idea de matar a puñaladas es, a primera vista, curiosa, pero si se reflexiona, nada se acomodaba a las circunstancias tan bien. Una daga era un arma que podía ser utilizada por cualquiera, débil o fuerte, y que no hacía ruido. Me imagino, aunque quizá me equivoque, que cada persona entró por turno en el compartimiento de mister Ratchett, a través del de mistress Hubbard, ¡y descargó su golpe! De este modo ninguna persona sabrá jamás quién le mató verdaderamente.

»La carta final, que Ratchett encontró probablemente

sobre su almohada, fue cuidadosamente quemada. Sin
ningún indicio que insinuase el caso Armstrong, no había
absolutamente razón alguna para sospechar de ninguno
de los viajeros del tren. Se atribuía el crimen a un extraño,
y el «hombre bajo y moreno de voz afeminada» habría
sido realmente visto por uno o más de los viajeros que
abandonarían en Brod el tren.

»No sé exactamente lo que sucedió cuando los conspi-
radores descubrieron que parte de su plan era imposible,
debido al accidente de la nieve. Hubo, me imagino, una
apresurada consulta y en ella se decidió seguir adelante.
Era cierto que ahora todos y cada uno de los viajeros podrían resultar sospechosos, pero esa posibilidad ya había
sido prevista y remediada. Lo único que había que hacer
era procurar aumentar la confusión. Para ello se dejaron
en el compartimiento del muerto dos «rastros»: uno que
acusaba al coronel Arbuthnot (que tenía la coartada más
firme y cuya relación con la familia Armstrong era probablemente la más difícil de probar), y otro, el pañuelo que
acusaba a la princesa Dragomiroff, quién, en virtud de su
posición social, su particular debilidad física y su coartada, atestiguada por la doncella y el encargado, se encontraba prácticamente en una situación inexpugnable. Y
para embrollar más el asunto se puso un nuevo obstáculo
en la pista: la mítica mujer del quimono escarlata. Yo
mismo tenía que ser testigo de la existencia de esa mujer.
Alguien descargó un fuerte golpe en mi puerta. Me levanté
y me asomé al pasillo... y tuve tiempo de ver el quimono
escarlata desapareciendo a lo lejos. Una acertada selección
de personas... el encargado, miss Debenham y Mac-
Queen... también la habían visto. Alguien colocó después
el quimono en mi maleta mientras yo realizaba mis
interrogatorios en el vagón restaurante. No sé de dónde
pudo salir la prenda. Sospecho que era propiedad de la
condesa Andrenyi, puesto que su equipaje contenía sola-

mente una bata tan vaporosa, muy apropiada para tomar el té.

»Cuando MacQueen se enteró de que la carta por él tan cuidadosamente quemada había escapado en parte a la destrucción, y que la palabra Armstrong era una de las que habían quedado, debió comunicar inmediatamente sus noticias a los otros. Fue en este momento cuando la situación de la condesa Andrenyi se hizo crítica, y su marido se dispuso inmediatamente a alterar el pasaporte. ¡Pero tuvo mala suerte por segunda vez!

»Todos y cada uno se pusieron de acuerdo para negar toda relación con la familia Armstrong. Sabían que yo no tenía medios inmediatos para descubrir la verdad, y no creían que yo profundizara en el asunto, a menos que se despertasen mis sospechas contra determinada persona.

»Hay ahora otro punto más que considerar. Admitiendo que mi hipótesis del crimen es la correcta, y yo entiendo que *tiene* que serlo... el mismo encargado del coche cama tenía que estar implicado en el complot. Pero si es así, tenemos trece personas, no doce. En lugar de la acostumbrada fórmula: «de tantas personas una es culpable», me vi enfrentado con el problema de que trece personas, una y sólo una era inocente. ¿Quién?

»Llegué a una extraña conclusión: A la de que la persona que no había tomado parte en el crimen era la que debía ser considerada como más probable de haberlo cometido. Me refiero a la condesa Andrenyi. Me impresionó la ansiedad de su esposo cuando me juró solemnemente por su honor que su esposa no abandonó su compartimiento aquella noche. Decidí entonces que el conde Andrenyi había ocupado, por decirlo así, el puesto de su mujer.

»Esto admitido, Pierre Michel era definitivamente uno de los doce. ¿Pero cómo explicar su complicidad? Era un hombre honrado, que llevaba muchos años al servicio de la compañía... no uno de esos hombres que pueden ser sobornados para ayudar a cometer un delito. Luego Pierre Michel tenía que estar también relacionado con el caso Armstrong. Pero eso parecía muy improbable. Entonces recordé que la niñera que se suicidó era francesa y, suponiendo que la desgraciada muchacha fuera hija de Pierre Michel, quedaría todo explicado, como explicaría también el lugar elegido para la escena del crimen. ¿Hay alguien más cuya participación en el drama no esté clara? Al coronel Arbuthnot le supongo amigo de los Armstrong. Probablemente estuvieron juntos en la guerra. Respecto a la doncella, Hildegarde Schmidt, casi me atrevería a indicar el lugar que ocupó en la casa. Quizá sea demasiado goloso, pero olfateo a las buenas cocineras instintivamente. Le puse una trampa y cayó en ella. Le dije que sabía que era una buena cocinera. Y ella contestó «Sí, todas mis señoras lo han dicho...» Ahora bien, si una mujer está empleada como *doncella*, los amos rara vez tienen ocasión de saber si es o no buena cocinera.

»Vamos ahora con Hardman. Definitivamente parecía no haber pertenecido a la casa Armstrong. Yo solamente pude imaginar que había estado enamorado de la muchacha francesa. Le hablé del encanto de las mujeres extranjeras... y una vez más obtuve la reacción que buscaba. Los ojos se le empañaron de lágrimas que él fingió atribuir al deslumbramiento de la nieve.

»Queda mistress Hubbard. A mi parecer, mistress Hubbard desempeñó el papel más importante del drama. Como ocupante del compartimiento inmediato a Ratchett estaba más expuesta a las sospechas que ninguna otra persona. Las circunstancias no le permitían tampoco contar con una sólida coartada. Para desempeñar el papel que desempeñó, el de una madre americana perfectamente natural y ligeramente ridícula, se necesitaba una artista. Pero hubo una artista relacionada con la familia Armstrong, la madre de mistress Armstrong, Linda Arden, la actriz...

Poirot guardó silencio unos momentos.

Y entonces, con una voz rica, y armoniosa, completamente diferente de la que había utilizado durante todo el viaje, mistress Hubbard exclamó:

—¡Siempre procuré desempeñar bien mis papeles! —Y prosiguió con voz tranquila y ensoñadora—: El error de la esponjera fue estúpido. Ello demuestra que se debe ensayar siempre concienzudamente. Si lo hubiera hecho así, me habría dado cuenta de que los cerrojos ocupaban lugar diferente en los compartimientos pares que en las impares.

La actriz cambió ligeramente de tono y miró a Poirot.

—Lo sabe usted ya todo, monsieur Poirot. Es usted un hombre maravilloso. Pero ni aun así puede imaginarse lo que fue aquel espantoso día en Nueva York. Yo estaba loca de dolor... y lo mismo los criados, y hasta el coronel Arbuthnot, que se encontraba con nosotros. Era el mejor amigo de John Armstrong.

—Me salvó la vida en la guerra —dijo Arbuthnot.

—Decidimos entonces... —prosiguió mistress Hubbard—... quizás estábamos realmente locos... que la sentencia de muerte de que Cassetti había escapado había que ejecutarla fuese como fuese.

»Eramos doce... o más bien once... pues el padre de Susanne se encontraba en Francia. Lo primero que se nos ocurrió fue echar a suertes quién debía actuar, pero al final acordamos poner en práctica lo que hemos hecho. Fue el chófer, Antonio, quien lo sugirió. Mary acordó después todos los detalles con Hector MacQueen. Este siempre adoró a Sonia, mi hija, y fue él quien nos explicó exactamente cómo el dinero de Cassetti había por fin conseguido salvarle de la electrocución.

»Nos llevó mucho tiempo el perfeccionar nuestro plan. Teníamos primero que localizar a Ratchett. Hardman lo logró al fin. Luego tuvimos que conseguir que Masterman y Hector ocupasen sus puestos... o al menos uno de ellos. Lo logramos también. A continuación celebramos una consulta con el padre de Susanne. El coronel Arbuthnot tuvo la feliz ocurrencia de que nos juramentásemos los doce. No le agradaba la idea de que apuñalásemos a Ratchett, pero se mostró muy de acuerdo en que resolvería la mayor parte de nuestras dificultades. El padre de Susanne accedió a secundar nuestros planes. Susanne era su única hija. Sabíamos por Hector que Ratchett regresaría del Este en el «Orient Express», y como Pierre Michel prestaba sus servicios en aquel tren, la ocasión era demasiado buena para ser desaprovechada. Además, sería un buen procedimiento para no comprometer en este delicado asunto a ningún extraño.

»El marido de mi hija conocía, naturalmente, nuestro proyecto, e insistió en acompañarla en el tren. Hector, entretanto, se las arregló para que Ratchett eligiese para viajar el día en que Michel estuviese de servicio. Nos proponíamos ocupar todo el coche Estambul-Calais, pero desgraciadamente no pudimos conseguir uno de los compartimientos. Estaba reservado desde hacía tiempo para un director de *Wagons Lits*. Mister Harris, por supuesto, era un mito. Pero habría sido un terrible tropiezo que algún extraño compartiese el compartimiento de Hector. Y entonces, casualmente, en el último momento se presentó *usted*...

Hizo una pausa.

—»Bien —continuó—, ya lo sabe usted todo, monsieur Poirot. ¿Qué va usted a hacer ahora? ¿No podría usted conseguir que toda la culpa recaiga sobre mí? Yo habría apuñalado voluntariamente doce veces a aquel canalla. No sólo era responsable de la muerte de mi hija y de mi nietecita, sino también de otra criatura que podría vivir feliz ahora. Y no solamente eso. Murieron otros niños antes que Daisy... podían morir muchos más en el futuro. La sociedad le había condenado; nosotros no hicimos más que ejecutar la sentencia. Pero es innecesario mencionar a mis compañeros. Son almas buenas y fieles... El pobre Michel... Mary y el coronel Arbuthnot, que se quieren tanto...

Su voz cargada de emoción, que tantas veces había hecho vibrar a los auditorios de Nueva York, se extinguió en un sollozo.

Poirot miró a su amigo.

—Usted es un director de la Compañía, monsieur Bouc. ¿Qué dice usted?

—En mi opinión, monsieur Poirot —dijo—, la primera hipótesis que nos expuso usted es la verdadera... decididamente la verdadera. Sugiero que sea ésa la solución que ofrezcamos a la policía yugoslava cuando se presente. ¿De acuerdo, doctor Constantine?

—Completamente de acuerdo —contestó el doctor—. Y con respecto al testimonio médico... creo que el mío era algo fantástico. Lo estudiaré mejor.

—Entonces —dijo Poirot—, como ya he expuesto mi solución ante todos ustedes, tengo el honor de retirarme completamente del caso...

FIN

ÍNDICE

PRIMERA PARTE

SEGUNDA PARTE

TERCERA PARTE